DOROTHY GALLAGHER wurde 1935 als Kind russisch-jüdischer Emigranten in New York geboren. Die Welt ihrer Kindheit war bunt und wild: Im Wohnzimmer hing ein Porträt von Lenin, den sie für ihren Großvater hielt. Obwohl ihre Eltern Vorbehalte gegen alles Bourgeoise hatten, wurde die kleine Dorothy für Partys bei Macy's eingekleidet, die Kleider wurden allerdings anschließend wieder zurückgebracht. Eine Zeit lang war sie Redakteurin beim Magazin *Redbook*. Später machte sie sich selbstständig, schrieb u. a. für die *New York Times* und *Grand Street* (herausgegeben von ihrem Ehemann Ben Sonnenberg). Zu ihren Büchern zählen die Memoirs *Life Stories*, *Strangers in the House* und die Biographie des Anarchisten Carlo Tresca.

MONIKA BAARK, geboren 1968 in Tel Aviv, studierte in Heidelberg Anglistik und Kunstgeschichte. Sie lebt in Berlin und im Wendland. Ins Deutsche übertragen hat sie unter anderem Werke von Margaret Atwood, Vendela Vida und Sheila Heti.

LINA SCHEYNIUS, 1981 in Vänersborg, Schweden, geboren, hat das Coverbild fotografiert und die Bilder im Vor- und Nachsatz. Sie macht unvergleichbare Aufnahmen von Akten und Stillleben sowie Selbstporträts. Ihre Fotografien fangen Facetten von Intimität und Schönheit ein, die für gewöhnlich verborgen bleiben, wie herausgerissene Seiten aus einem Tagebuch. Sie wurden weltweit in zahlreichen Ausstellungen gezeigt. 2012 gestaltete Scheynius die Fotokolumne im *ZEITmagazin*. Lina Scheynius lebt in London.

Dorothy Gallagher

Und was ich dir noch erzählen wollte

Aus dem amerikanischen Englisch von
Monika Baark

AKI

Für Ben, dann doch.

When I was a young girl,
well I had me a cowboy …

John Prine

Inhalt

Vorwort   9

Jalta   13

Schnee   30

Ballerina   42

Royale Jahre   52

Windpocken   65

Das Original   73

Taubensaison   86

Julie   102

Mea culpa   111

Bones   119

Vorwort

Ben starb plötzlich an einem sonnigen Junimorgen im Jahr 2010. Im Oktober verkaufte ich
die Wohnung, in der wir in den dreißig Jahren
unserer Ehe gelebt hatten, drängte unsere betagte
Katze in ihren Tragekorb und zog mit ihr ein paar
Blocks weiter in die Studiowohnung im vierten
Stock ohne Lift, die mein Büro gewesen war.

In den Monaten vor Bens Tod hatte ich angefangen, für ein Buch zu recherchieren, eine Biographie. Jetzt nahm ich die Arbeit daran wieder
auf: Von frühmorgens bis zum frühen Nachmittag tauchte ich in ein fremdes Leben ein. Die ver-
bleibenden Stunden des Tages und die Nächte
waren dunkel vor Trauer, die Zeit, die ich mit
dem Buch verbrachte, eine Atempause. Ich war
so dankbar, beschäftigt zu sein.

Unweigerlich kam der Tag, da war das Buch fertig: Die letzte Zeile war geschrieben, der Text redigiert, die Fahnen gelesen. Dennoch ging ich jeden Morgen durchs Zimmer zu meinem Bürostuhl. Nicht um zu schreiben, nur um eine Weile in meinem Stuhl zu sitzen. Fast vierzig Jahre lang hatte mein Arbeitstag in diesem oder jenem Bürostuhl begonnen. In den Anfangsjahren saß ich an einer manuellen Schreibmaschine, im Einzug ein Blatt Papier, später an einer elektrischen Schreibmaschine, dann am Computer. Vor einem Schreibinstrument zu sitzen, zu redigieren, zu schreiben war eine lebenslange Gewohnheit, mehr als eine Gewohnheit, eine Sucht. In diesen Stunden ließen sogar Zahnschmerzen nach. Ich dachte nur an die Arbeit vor mir, erfüllt von maßloser Zuversicht, dass ich früher oder später in der Lage sein würde, alle damit einhergehenden Probleme zu lösen. Ich bin sicher, die Buddhisten haben ein Wort dafür.

Es war nie meine Absicht, über Ehe, Witwenschaft und Trauer zu schreiben. Trauer ist Trauer, kein Leben ist dagegen immun, und jede Menge Witwen haben sich darüber ausgelassen. Aber ich merkte, dass ich, wenn ich allein war, die ganze Zeit mit Ben Gespräche führte. Ich erzählte ihm, was ich machte, was ich dachte; ich erzählte ihm Geschichten über das, was seit seinem Tod passiert war; ich erinnerte mich an die Jahre, bevor wir uns kannten; ich schilderte ihm die neue Wohnung, die ich gefunden hatte; ich erzählte ihm vom Tod unserer Katze; ich sinnierte über unser Leben; ich erinnerte ihn an einen gelben Bademantel, den ich mal hatte; ich verhandelte alte Streitfragen, brachte alte Klagen zur Sprache; ich entschuldigte mich für dies und das, und auch für dies und jenes; ich erzählte von unseren Freunden: wer noch lebte, wer gestorben war, wen ich aus den Augen verloren hatte. Fünf Jahre vergingen, und ich führte immer noch Gespräche mit ihm. Eines verschneiten Februarmorgens, als ich sowieso in meinem Bürostuhl saß, fing ich an zu tippen.

Jalta

Sag mir: Glaubst du, dass mein Leben in den Jahren seit deinem Tod einfach so weitergegangen ist? Glaubst du, dass ich immer noch durch unsere Räume gehe, dass meine Kleider noch in den Schränken hängen, unsere Bilder noch dicht an dicht die Wände bedecken, unsere Bücherregale überquellen, dass alles, was wir hatten, noch immer an seinem Platz ist? Stellst du dir vor, dass ich, wenn es Abend wird, Licht mache und unsere Freunde kommen vorbei?

Nein, nichts dergleichen. Ich bin da nicht mehr. Fast alles ist weg – verkauft oder verschenkt. Als ich zum letzten Mal die Wohnungstür hinter mir schloss, waren die Zimmer leer, die Regale und Wände kahl, nichts mehr deutete auf unser Leben. Jetzt gehen wildfremde Leute durch diese

Räume. Sie stehen am Fenster und sehen, wie die Sonne über dem Hudson versinkt, sie laden ihre Freunde ein und verbringen einen netten Abend, sie glauben, unsere Wohnung gehöre ihnen.

Soll ich dir erzählen, wo ich jetzt wohne? In zwei Zimmern, die in unser altes Esszimmer passen würden. Nein, keine Sorge. Du hast mich nicht mittellos zurückgelassen. Ich wohne in einem Penthouse, ich habe eine Terrasse, ringsum ist Himmel, ich sehe hinaus auf den Central Park, den Teich, wo die Trauerweiden wachsen, ich sehe hinüber zur Fifth Avenue, wo die Gebäude im Sonnenuntergang wie Feuer glühen.

Diese Wohnung habe ich ein Jahr nach deinem Tod gefunden. Erst dachte ich, nein, nicht groß genug, dann fiel mir wieder ein: Ich bin ja jetzt allein. In jenem ersten heißen Sommer züchtete ich Tomaten in Kästen und Cosmea in Töpfen. Spottdrosseln nisteten auf dem Dach. Sie sangen den ganzen Tag und brüteten Junge aus, die groß genug wurden, um durch meine offene Tür zu flattern. Einmal sah ich einen Habicht in der

Luft schweben, am nächsten Morgen schwiegen die Vögel.

Noch lange nach meinem Umzug glaubte ich, es sei etwas schiefgegangen, als wäre ich in den falschen Bus gestiegen und im Leben einer anderen gelandet. Jeden Tag schrieb ich dir eine Mail, immer dieselbe: Wärst du doch nur hier. Wärst du doch nur hier. Wärst du doch nur hier. Manchmal wählte ich unsere alte Telefonnummer, wartete in der Leitung und versuchte, etwas aus der Stille herauszuhören.

Ich habe mich an die Stille gewöhnt, ich lebe ohne Stimmen oder Schritte. Manchmal kreischt unten eine Sirene, manchmal klingelt das Telefon, aber meistens höre ich nur das Klingeln in meinen Ohren und das Klicken des Kühlschranks beim An- und Ausgehen. Und den Wind: Wie er heult hier oben im siebzehnten Stock. Und dann kommt ein Tag wie heute, mitten im Februar, an dem kein einziger Windhauch geht. Der Himmel hat die Farbe von Zinn, Schnee hängt in der Luft wie ein Gazevorhang, die Gebäude jenseits des Parks sehen aus wie gemalte Theaterkulissen. Und, ob du's glaubst oder nicht, zwei Trauertauben hocken auf dem Terrassengeländer.

Habe ich dir nicht gesagt, sei vorsichtig? »Steck dich bloß nicht bei mir an«, sagte ich. Wie dumm von mir. *Ich* war leichtsinnig gewesen, und du warst mir ausgeliefert. Vielleicht habe ich mich zu dir gebeugt und dir einen Kuss gegeben, wir haben von derselben Gabel gegessen, ich habe gehustet. Jedenfalls hattest du ein paar Tage später meine Erkältung in der Nase, am Abend rasselte dein Atem, am Morgen darauf hast du kaum noch Luft bekommen. Es war nur eine Erkältung, eine schwere Erkältung, ja, aber nicht deine erste. Was konnte schon passieren an diesem herrlichen sonnigen Junimorgen?

Ich kam mit dem Antibiotikum von der Apotheke zurück. Ich machte dir einen Tee mit Honig und Zitrone. Ich senkte kurz den Blick, um das Etikett auf der Pillendose zu lesen. Ich sah auf. Und was sah ich? Dein Mund stand halb offen, und ein dunkles Rinnsal Tee lief dir übers Kinn. Und deine braunen Augen, heller und klarer als der Tee, waren groß und starrten ins Leere! Leblos! In einem Wimpernschlag! Mitten im Gespräch! Warst du noch da? Hörtest du mich deinen Namen schreien?

Ich weiß, ich weiß. Wir haben oft genug darüber gesprochen. Wenn der Tod käme, sollte ich ihn ruhig kommen lassen, wenn du sterben müsstest, dann wäre das so. Mit Panik haben wir nicht gerechnet. Und so geschah alles, wie wir es eben nicht gewollt hatten: der hektische Notruf, die Sanitäter, die Herzdruckmassage, das Atemgerät, der Krankenwagen, der dich mit Vollgas ins Krankenhaus bringt, die Intensivstation, wo du sechs Tage lang beatmet wirst, sediert wirst, im Koma liegst, nur hier und da für ein paar Minuten zu dir kommst, und in einem dieser Momente fragte ich dich: »Liebst du mich?« Und du, der nicht sprechen konnte wegen der Schläuche im Hals und der Sauerstoffmaske über dem Gesicht, zogst drei Mal die Augenbrauen hoch. Wie

Groucho Marx. Das habe ich als Ja aufgefasst. Was, wenn ich gefragt hätte: »Vergibst du mir?«

Manchmal muss ich an eine Horrorgeschichte denken, die ich vor langer Zeit gelesen habe. In einer mondlosen Winternacht sitzen ein armer Müller und seine Frau in ihrer Hütte vor dem Feuer. Sie trauern um ihren einzigen Sohn, der in die Dreschmaschine seines Vaters geraten ist. Plötzlich taucht aus dem Nichts ein Geist auf. Er gewährt den Eltern einen Wunsch. Natürlich wünschen sie sich, ihr Sohn wäre wieder am Leben. Sehr wohl, sagt der Geist und löst sich in Luft auf. Kurz darauf klopft es an der Tür der Hütte. Freudig reißen der Müller und seine Frau die Tür auf. Dort steht ihr Sohn, verstümmelt und blutüberströmt, so wie im letzten Moment seines Lebens.

Was will uns diese Geschichte sagen? Trau keinem Geist? Der Tod hat das letzte Wort? Käme der Geist zu mir, ich würde ihn auf die Probe stellen. Ich würde ihn bitten, dich noch mal für eine Stunde, meinetwegen eine halbe Stunde, empfindungsfähig zu machen. Ich würde ein Datum angeben: Freitag, 11. Juni 2010, der Tag, an dem wir laut meinem Kalender allein in der Wohnung waren. Ich würde eine Uhrzeit angeben, fünf Uhr nachmittags. Die Sonne neigt sich über New Jersey, der Fluss funkelt wie ein Feuerwerk, und du bist gerade von deinem Nachmittagsschlaf aufgewacht.

Ein ganz normaler Tag also, nur dass ich mich offenbar erkältet habe. Wie üblich um diese Zeit sind wir im Schlafzimmer: du im Bett, ich am Tisch zwischen den beiden Fenstern. Du hast zwei Stunden geschlafen, bist aber immer noch müde; du bist andauernd müde in letzter Zeit. Deine Stimme ist so schwach, dass ich mich vorbeuge, um hören zu können, was du sagst. Worüber haben wir geredet an diesem Nachmittag? Ich kann mich nicht erinnern, es war nichts Wichtiges ... Wer angerufen hat ... Was ich abends kochen werde. Aber an diesem Tag, den uns der Geist gewährt hat, gibt es kein müßiges

Geplauder. Wir wissen, was passieren wird. Wir wissen, dass unsere gemeinsame Zeit zu Ende geht, dass du in sieben Tagen, in dem Moment, als ich dir vorlese, was auf dem Etikett der Dose mit den Pillen steht, die dich gesund machen sollen, an dem Virus sterben wirst, das heute bei mir die ersten Symptome zeigt. Verstehst du, worum ich den Geist gebeten habe? Um nichts Großes. Um alles. Nur ein paar Minuten, um Abschied nehmen zu können.

Also werden wir über unser gemeinsames Leben reden, und über die Krankheit, das Haarbüschel in unserer Suppe. Du heiratest einen Krüppel, meintest du ganz am Anfang zu mir. »Oh, bitte«, sagte ich, »hör auf, dich zu verklären, du bist kein Krüppel, du bist nur krank.« Wir lachten, aber worüber eigentlich? Du warst krank und ein Krüppel, du hattest Multiple Sklerose, eine Krankheit, die für ihre unerbittlichen Lähmungserscheinungen bekannt ist, eine Krankheit, die nicht heilbar ist, gegen die es kaum Medikamente gibt, wirklich nichts zu machen. Ein Außenstehender hätte fragen können: Was denkt sie sich dabei? Genauer noch: Was bedenkt sie alles nicht?

Nicht die kommenden Jahre deiner, nun ja, fortschreitenden Krankheit; erst mit einem, dann mit zwei Stöcken, dann mit Rollator, mit Scooter, mit einem Rollstuhl, den du anfangs noch selbst fahren konntest, und schließlich, als du die Arme nicht mehr bewegen konntest, mit einem Rollstuhl, den du mit Hilfe deines mühsam erkämpften Atems lenken konntest: erst Paraplegie, dann Quadriplegie. Nein, nichts davon habe ich bedacht. Inkontinenz, Katheter, Wundliegen oder die plötzlichen nächtlichen Krisen, die keineswegs selten waren – das schon gar nicht. Nicht die Frage meines Vaters, als er dich kennenlernte: »Was hat er in seinen besseren Tagen gemacht?« Das sah Daddy ähnlich! Aber was wusste der schon? Ich wusste, dass *das* deine besseren Tage waren, die Tage, als wir unser gemeinsames Leben begannen.

Nenn es Mangel an Phantasie, nenn es Realitätsverweigerung, nenn es Perversion. Ich sah mein Leben mit dir, obwohl jeder Vollidiot sehen konnte, wohin das führte. Weißt du noch, der Mann im Restaurant? Es muss an einem Spätsommertag gewesen sein; wir waren auf dem Heimweg vom Wochenmarkt auf der Columbus Avenue, der Korb deines Scooters war vollgestopft mit Mais, Pfirsichen, Tomaten und Zucchini. Wir machten auf dem Broadway halt, um bei Teacher's zu Mittag zu essen. (Ich weiß, dass du einen Hamburger gegessen hast; du hast immer einen Hamburger gegessen, wenn wir bei Teacher's waren.) Der Mann kam an unserem Tisch vorbei. Er blieb stehen. »Was kostet der Mais?«, fragte er. Er hatte dich angesprochen. Ich war verdutzt. Warum wollte er wissen, was du für den Mais bezahlt hattest? Dann begriff ich. Er wollte wissen, wie viel der Krüppel, der von seinem Scooter aus Gemüse verhökerte, für den Mais haben wollte.

Wenn ich also nicht an Krankheit dachte und an das, was Krankheit mit sich bringt, an was dann? Ich dachte, was für ein phänomenales Glück, dass wir uns begegnet waren. Wir waren keine Kinder mehr, wir hatten beide schon gelebt: Vier gescheiterte Ehen lagen hinter uns, ganz zu schweigen von den gescheiterten Liebesaffären oder der Hysterektomie, die eine Möglichkeit zunichte machte, um die sich sonst die Zeit gekümmert hätte. Und du: Zwei Jahrzehnte lang hattest du dir auf zwei Kontinenten mit dem Geld deines Vaters die Hörner abgestoßen, mein Schlawiner, mein Dandy, mein Flaneur, mein böser Junge, hattest dich als Dichter und Dramatiker versucht, in deinen maßgeschneiderten Anzügen und handgefertigten Schuhen. Aber auch mein Autodidakt, der *alles* las, der unbedingt als *homme sérieux* gelten wollte und nebenbei drei Töchter zeugte. Und dann waren da die ersten Symptome der lähmenden Krankheit. Waren wir nicht beschädigte Ware, wie sie im Buche steht? Wenn *ich* schon nichts wahrhaben wollte, was sollte man erst von dir sagen, der sich, ach, von dem bisschen Pech nicht im Geringsten einschüchtern ließ. War es Kühnheit oder Arroganz? Eine glückliche Kombination aus beidem? Wenn das allgemein als Leugnung gilt, was ist daran so schlimm?

Und, ja, bei allem Respekt, Daddy, es lagen tatsächlich noch gute Jahre vor uns. So, wie wir uns erst spät über den Weg gelaufen waren, hatten wir erst spät ernsthafte Ambitionen entwickelt und glaubten deshalb, das Leben liege noch vor uns. Ich steckte mitten in den Recherchen für ein Buch, durch das ich viel lernen sollte; du warst kurz davor, die erste Ausgabe von *Grand Street* herauszubringen, ein literarischer Triumph, wie sich zeigen würde. »Eine der großen Literaturzeitschriften der Nachkriegszeit …« und so weiter; Lobpreisungen von deiner ersten bis zu deiner letzten Ausgabe. Wenn das Hinausgehen in die Welt für dich schwieriger wurde, na und, die Welt war nur zu gern bereit, über unsere Schwelle zu treten. So viele Dinner, so viele Partys, heute kommt es mir vor, als wäre ich ständig am Einkaufen und Kochen gewesen. Was hätten

wir uns also für einen besseren Moment aussu-
chen können, um in unser gemeinsames Leben
zu starten? Die Krankheit war für dich von Nut-
zen: Sie zeigte dir Grenzen auf, verordnete dir
Ruhe.

Natürlich ist das Leben, wie meine Mutter zu
sagen pflegte, nicht immer ein Spaziergang über
Wiesen. Nein. Und ich will dir Folgendes sagen:
Während die Krankheit immer mehr von dir ver-
zehrte, war ich mal verzweifelt, mal ertrank ich
fast in dem, was sie uns abverlangte, mal war ich
voller Wut. Das wusstest du. Aber wusstest du
auch, dass es keinen einzigen Moment gab, in
dem ich unsere Ehe bereut hätte, keinen Moment,
in dem ich nicht gewusst hätte, wie verarmt mein
Leben ohne dich gewesen wäre? Mein geliebter
Junge, lass mich hinzufügen: Gelähmt, wie du
warst, krank, wie du warst, deinen Charme und
deine Verführungskunst hast du bis zum Schluss
behalten. Du konntest mich eifersüchtig machen.
Und das wusstest du.

Und du? Du wirst mir sagen, deine Abhängigkeit von mir sei dir oft ein Gräuel gewesen, meine Ungeduld, meine scharfe Zunge, die vielen Male, da ich aus dem Zimmer gestürmt bin, wohl wissend, dass du mir nicht folgen konntest. Das war mir klar. Aber sag mir, dass du mir vertraut hast, dass du stolz auf mich warst, dass wir gute Zeiten hatten, dass ich dich zum Lachen gebracht habe.

Du hast immer gesagt: »Weißt du noch, das Wochenende in Massachusetts, als du mit Harry schwanger warst?« So lustig. So wahr. Harry war unser Junge. Ich habe ihn aus einem Wurf in Florence, Massachusetts ausgesucht und dir den Hund deines Lebens geschenkt. Wie du ihn geliebt hast! Dein Schatten, wo immer er sein mag, liebt ihn noch immer. Manchmal bemesse ich unsere gemeinsame Zeit anhand des Lebens unserer Tiere – elf Jahre Harry, gefolgt von siebzehn Jahren Daisy (armes kleines Ding: Sie konnte ihm nie das Wasser reichen), parallel dazu neunzehn Jahre Bones, die perfekte Katze. Eine Zweihunde-und-Einkatzen-Ehe. Streng genommen eine drei Hunde lange Ehe, wenn man dich mitzählt. »Ich bin ein alter Hund«, hast du immer gesagt. »Gib mal Pfote, dem alten Hund … Gib dem alten Hund mal einen Klaps.«

Ich habe meine letzte Ehe und meinen letzten Hund gehabt. Heutzutage reicht es mir, mit den Hunden zu reden, die mir auf der Straße entgegenkommen.

»Na, du Hund«, sage ich; und wenn er gerade sein Geschäft macht, sage ich: »Feiner Hund.« Wenn er mich ansieht und mit dem Schwanz wedelt, gebe ich ihm einen Klaps. Und wenn ich einen alten Hund sehe mit einer weißen Schnauze und arthritischem Gang, einen Hund, dessen Tage gezählt sind, denke ich an das Gedicht, das Lucia für dich geschrieben hat:

Mein Freund sagte: Schreib was über den
  Hund in der Odyssee –
der nach vierhundert Seiten auftaucht. Ich
  fand ihn auf einem Misthaufen,

die Zecken zerfraßen ihn …
Und ich fragte mich, hat mein Freund mir
  einen Streich gespielt –
mir diesen Hund anzuhängen, der einfach nur
  daliegt und stirbt?
Ich frage mich,
wäre er gerne noch ein, zwei Zeilen geblieben?
Und sei's nur, um mit dem Schwanz zu klopfen.

Das habe ich mich auch gefragt. In dieser letzten Woche, als du komatös auf der Intensivstation lagst, fragte ich mich, welchen Wunsch du dir von mir wünschen würdest.

Weißt du noch, der Sommer in Sag Harbor? Du bist mit deinem Scooter durch die Stadt gefahren, und Harry trabte an deiner Seite. »Diese Stadt hier erinnert mich an Jalta«, sagtest du. Jalta. Natürlich. Warum nicht? Und auch später, wenn es um diesen Urlaub ging, hieß es immer, unsere zwei Wochen in Jalta. Hör zu, mein Junge, verkalkt bin ich noch nicht: Tot ist tot, das weiß ich.

Aber wo bleibe ich dabei? Wenn nicht du, wer wird jemals wissen, dass ich mal einen Sommer in Jalta verbracht habe?

Schnee

So oft stelle ich heutzutage fest, dass ich über Dinge nachdenke. Keine hochtrabenden Dinge, einfach nur Dinge – Gegenstände, Zeug. Dinge, die ich habe, Dinge, die ich hatte, Dinge, die mal anderen gehört haben und irgendwie in meinen Besitz übergegangen sind. Früh in meinem Leben erkannte meine Mutter, dass ich die Güter dieser Welt begehrte. Sie sah darin einen Charakterfehler. »Das sind nur Dinge, Liebling«, sagte sie. »Sie sind nicht wichtig.« Damals dachte ich, dass ihre Sichtweise bestimmt die richtige, erhabene ist. Heute würde ich ihr antworten: Stimmt nicht, Mama, Dinge sind Zeugnisse; das Leben setzt sich darauf ab, so wie der Schnee, der fällt, während man schläft.

Ich werfe einen Blick durchs Zimmer auf mein

altes Sofa und erinnere mich, als ich es zum ersten Mal sah, in den frühen achtziger Jahren. Und zwar im Jewish Women Council Thrift Shop; der Laden ist inzwischen umgezogen oder hat dichtgemacht, aber damals war er auf der Ninth Avenue, Ecke 54th Street. Das Sofa war schäbig und schmutzig, aber es war schön geformt und hatte genau die richtige Größe. Ich zahlte fünfzig Dollar dafür, zahlte weitaus mehr, um es neu beziehen zu lassen, und wir stellten es unter die Südfenster in unserem Wohnzimmer am Riverside Drive. Nachmittags, wenn es in Licht vom Fluss getaucht wurde, war es mein Lieblingsplatz zum Liegen und Lesen. Und dreißig Jahre lang saß jeder, der uns besuchen kam, auf diesem Sofa. Ich denke immer, dass sich auf den Polstern noch Abdrücke der Hinterteile unserer alten Freunde befinden, und unserer Freunde, die nicht mehr sind, und von diesen Letzteren denke ich, wie sehr ihre Zahl mit den Jahren zunimmt. Dieses Sofa war der Sitz unseres Ehelebens.

Deine Uhr, um noch etwas zu nennen, die jetzt

notgedrungen meine Uhr geworden ist. Du hast sie jeden Tag getragen. Kürzlich habe ich sie morgens umgelegt und festgestellt, wie abgenutzt das Lederarmband inzwischen ist, und ich habe überlegt, was für ein neues Armband du gutheißen würdest. Ich dachte über deinen Möbel- und Kleidergeschmack nach und fragte mich, ob dir die Wohnung, in der ich jetzt wohne, gefallen würde, mit unserem Sofa und deiner Uhr und ein paar unserer anderen Dinge. Ich dachte über unser gemeinsames Leben nach und über den Tag im Krankenhaus, von dem ich wusste, dass er unser letzter sein würde, als die Schwester mir freundlich empfahl, dir die Uhr vom Handgelenk und den Ehering vom Finger zu nehmen.

Vor nicht allzu langer Zeit blieb ich vor einem Juwelierladen stehen, um mir ein Amethystarmband anzusehen, das mich an die Amethystbrosche erinnerte, die ich meiner Mutter mal geschenkt habe: eine längliche gravierte Goldbrosche, der lilafarbene Stein hübsch in der Mitte gefasst. Mir fiel ein, wo ich sie gekauft hatte, in einem Antiquitätenladen auf der MacDougal Street, als es dort noch solche Geschäfte gab. Dann dachte ich daran, wie sich die MacDougal Street verändert hat und dass so viele Läden und Cafés nicht mehr da sind und wie sehr sich die Stadt verändert hat und dass die Orientierungspunkte des eigenen Lebens verschwinden und man sich nicht mal mehr erinnern kann, was sie waren: Ich komme an einem Gebäude vorbei, das beim letzten Mal noch nicht da war. Aber welches Gebäude war vorher da? Und die Brosche meiner Mutter. Wo ist sie? Welcher Langfinger hat sie aus der Schublade genommen? Immer wenn ich an diese Brosche denke, gibt mir ihr Fehlen einen scharfen Stich.

Ich habe noch andere Dinge, die meiner Mutter gehört haben – Familienerbstücke, muss man wohl sagen, falls Schmuck in nur einer Generation denn schon zum Familienerbstück wird. Ich habe die silberne Blumenbrosche, ein Geschenk ihrer Freundin Tillie, in diesem geschwungenen Georg-Jensen-Design, wie es in den fünfziger

Jahren modern war; ich habe den abgewetzten silbernen Taschenspiegel, den ich ihr mal gekauft habe, weil in den Deckel ein schnörkeliges *B* graviert war, der Anfangsbuchstabe ihres Namens. Außerdem steht in meinem Wohnzimmer der Verandastuhl, in dem mein Vater immer schaukelte, grün gestrichene Holzlatten auf federndem Eisenrahmen. Das Eisen ist inzwischen schwarz, die Farbschichten blättern ab; heutzutage beglückwünschen mich die Leute dazu, ein so vorzügliches Shabby-chic-Möbel aufgetrieben zu haben. Ich denke, wie verächtlich mein Vater schmunzeln würde, wenn er wüsste, dass der Stuhl, den er für fünf Dollar in einem Eisenwarenladen namens Green's gekauft hatte – genau genommen hatte er für diesen Preis sogar zwei bekommen – zum teuren Heimdeko-Artikel mutiert war. »Ha!«, würde er sagen. »Wie viel?«

Manchmal trage ich die silberne Blumenbrosche meiner Mutter, aus Gründen der Pietät, manchmal schaue ich mich im angelaufenen Taschenspiegel an, manchmal sitze ich im Schaukelstuhl meines Vaters, fast jeden Tag trage ich deine Uhr, außer zu feierlichen Anlässen, dann trage ich die Uhr meiner Mutter.

Es war die Uhr meiner Mutter. Ich habe sie sie allerdings nie tragen sehen. Sie war der Ansicht, zum Tragen sei sie zu gut, und eigentlich denke ich das auch. Sie ist ein zauberhaftes Ding, mehr Armband als Uhr, das kostbarste Schmuckstück, das meine Mutter je besaß, zierlich gefertigt aus 18 Karat Rotgold mit schmalem, goldenem, durchbrochenem Armband, raffiniertem Verschluss mit graviertem Monogramm und einem Zifferblatt, das so klein ist, dass man die Augen zusammenkneifen muss, um zu sehen, wie spät es ist. Gemacht für das schmale Handgelenk einer Dame, die Ringe an den Fingern und Diamanten im Ohr trug und sich nicht groß um die Zeit zu scheren brauchte. Nicht der Stil meiner Mutter, der schlicht war bis zur Stillosigkeit; außerdem war ihr Handgelenk etwas zu kräftig für das schmale Band.

Leah, die Schwester meines Vaters, schenkte

meiner Mutter die Uhr anlässlich ihrer ersten Begegnung. Natürlich war ihr damals nicht klar, was für eine Uhr meine Mutter gern gehabt hätte oder was für eine Frau ihr Bruder geheiratet hatte; tatsächlich erinnerte sie sich kaum an ihren Bruder. Seit ihrem siebten Lebensjahr hatte sie ihn, der etwas mehr als doppelt so alt war wie sie, nicht mehr gesehen. Als Leah in unserem Leben auftauchte, waren sie seit über vierzig Jahren füreinander verschollen gewesen.

Bevor wir von Leahs Existenz erfuhren, war mir nie in den Sinn gekommen, dass mein Vater eine Familie haben könnte. Als ich zur Welt kam, hatte er sie, glaube ich, vergessen oder hielt alle für tot. Jedenfalls erzählte er nie von Eltern, Schwestern oder Brüdern. Er war von Natur aus ein schweigsamer Mann; er gab mir wenig an die Hand, ich hatte ihn mir nie jung vorgestellt und kannte nicht mal den Namen seines Geburtsortes. »Ein hartherziger Mann«, hörte ich Leah zu Frieda, der Schwester meiner Mutter, sagen. »Genau wie sein Vater.« Jetzt also wusste ich etwas. Und in den wenigen Wochen, die Leah damals bei uns verbrachte, zeichnete sie für mich das unauslöschliche Bild eines zornigen, rastlosen Jungen aus einem Ort namens Lomazy, einer trostlosen Kleinstadt in Russisch-Polen (»Es gab dort nichts, *nichts*.«), der mit seinem Vater unwiderruflich zerstritten war; ein Junge, der nur zwei Perspektiven hatte – die Gerberei, die seinem Vater gehörte, oder das Rabbinat –, zwei ihm unerträgliche Perspektiven. Ohne ein Wort zu sagen, lief er von zu Hause weg und ließ seine Eltern, einen Bruder und drei Schwestern zurück. Seine Eltern wussten bloß, dass sich der abtrünnige Sohn als blinder Passagier nach Amerika eingeschifft hatte; das wussten sie auch nur deshalb, weil der blinde Passagier erwischt worden war. Mein Großvater wurde überredet, die Kosten für die Schiffspassage zu übernehmen, und irgendwann zahlte mein Vater ihm das Geld zurück. Der Briefumschlag aus Amerika, der Lomazy wohl im Jahr 1914 erreichte, war in Galveston, Texas abgestempelt. Darin war nur eine Zahlungsanweisung. »Kein Brief«, sagte Leah. »Nicht mal: ›Macht euch keine Sorgen, mir geht es gut.‹« Die Familie hörte nie wieder etwas von ihm.

Mittlerweile war der Erste Weltkrieg ausgebrochen, die Russische Revolution folgte, dann der Polnisch-Sowjetische Krieg. Die Familie überlebte, wobei mein Vater nichts davon wusste; soweit Leah wusste, hatte er keine Erkundigungen eingeholt. Mitte der zwanziger Jahre heiratete Leah. Sie und ihr Mann wanderten nach Argentinien aus. Sie ließen sich in Buenos Aires nieder. Leah war eine gute Tochter und hielt immer Kontakt zu ihrer Familie in Polen. Während der dreißiger Jahre wurden Karten und Briefe ausgetauscht. 1939 trat Stille ein. Als der Krieg endete, wusste Leah, dass sämtliche Juden in Lomazy ermordet worden waren.

Danach dachte sie immer öfter an ihren Bruder, irgendwo in den Weiten des amerikanischen Kontinents. Wenn Kriegsflüchtlinge aus Polen in Buenos Aires waren, auf der Durchreise nach

Amerika, sofern man sie ins Land ließ, oder nach Israel, nach Kanada, fragte sie jeden Reisenden, ob er von ihrem Bruder gehört habe. Die Frage wurde immer verneint.

Dann, in den frühen fünfziger Jahren, stand eines Tages ein entfernter Cousin aus Israel vor ihrer Tür. Er war unterwegs nach New York. »Such nach meinem Bruder«, sagte Leah, und ein oder zwei Jahre später standen mein Vater, meine Mutter und ich auf dem Kai, als Leahs Schiff in den Hafen von New York einlief. Unter den Hunderten von Bord gehenden Passagieren erkannten wir eine Frau, die das Gesicht meines Vaters trug. Sie kam direkt auf uns zu, als blickte sie in einen Spiegel, und im Gepäck hatte sie die goldene Uhr meiner Mutter und die Geschichte meines Vaters. Beides gehört jetzt mir, die Geschichte ist nicht zu trennen von der Uhr, als wäre sie dazugelegt worden wie eine Garantie.

So viele Dinge, so viel Stoff zum Nachdenken. Wie der frühe Sommermorgen vor vielen Jahren, als ich auf der Upper East Side eine Straße hinunterging, eine dieser überraschend intakten Straßen mit eleganten Townhouses aus dem 19. Jahrhundert. Es war noch so früh, dass der Müll gerade erst auf die Straße gestellt wurde. Irgendetwas segelte aus einem Kellereingang hoch und fiel mir vor die Füße. Es war ein schweres Stück Leinen in der Farbe von getrocknetem Lehm. Ich hob es hoch; es war von beträchtlicher Größe, etwa 90 x 120 cm, grob gewebt, Handarbeit, wie mir schien, und als ich es auseinanderschlug, sah ich, dass es mit Perlen bestickt war. Streifen aus rostbraunen und gelben Perlen, und die Farbbahnen waren kunstvoll durch ein kleines Muster aus schwarzen und weißen Perlen voneinander getrennt. Einige Perlen fehlten, und in den Zwischenräumen sah man die Bleistiftstriche, die der Näherin als Leitlinien gedient hatten; die Ränder des Gewebes waren ausgefranst und unregelmäßig, und ich vermute, wegen dieser Makel war es entsorgt worden. Und mir geschenkt worden, die ich gerade die Ungenauigkeiten so reizvoll fand. Ich nahm es mit nach Hause und hängte es über einen Stuhlrücken, wo es fortan blieb, über diesem oder jenem Stuhlrücken, in dieser oder jener Wohnung. Zuerst freute ich mich einfach so daran, dann über mein Glück, diesen Fund gemacht zu haben. Aber jetzt, nach all den Jahren, ist es so viel bedeutsamer geworden durch die Gedanken an diesen Sommer, als ich jung war, soeben dem Bett eines neuen Liebhabers entstiegen, und mit der aufgehenden Sonne durch eine unbekannte Straße ging, auf einmal entzückt über dieses Stück Stoff, das mir vor die Füße gefallen war, an eine Zeit, als ich noch keine Ahnung hatte von dem, was vor mir lag in diesem Leben, auf das ich jetzt zurückblicke, als ich noch unberührt war von all den Dingen, die auf mich zukommen würden.

Ballerina

Eines lang vergangenen Frühlings, die ersten Narzissen sprossen schon, begann ich eine neue Liebesaffäre. Als das Laub unter den Füßen knisterte, war sie schon wieder vorbei. Ein halbes Jahr also für die eigentliche Beziehung, was damals in etwa der Durchschnitt für mich war. Allerdings ließ ich jeder gescheiterten Liebesaffäre mehrere Monate schmerzlicher Tränen folgen, die mit Wut abgerundet wurden; so hatte ich fast ein ganzes Jahr etwas davon. Dummes Mädchen, sagst du. Sie denkt, sie hätte alle Zeit der Welt.

In diesem besonderen Fall – die Tränen waren getrocknet, und ich suchte nach Material für meine Wut – fiel mir nur ein: *Dieser Arsch! Hält sich für den großen Macker mit seinen blöden*

Kameras und Lichtmessern und seiner tollen Dunkelkammer. Das war keine Lösung, und das wusste ich. Er war ein guter Fotograf, und er machte wirklich hinreißende Schwarz-Weiß-Abzüge in seiner gut ausgestatteten Dunkelkammer. In glücklicheren Tagen hatte er mir eines seiner Fotos geschenkt: ein Bild von Holz. Das klingt jetzt nicht eben überwältigend, aber glaub mir, es hat was: ein Stillleben mit großen, verschieden langen und breiten Holzplanken, die kreuz und quer gestapelt vor dem Eingang einer Scheune liegen. Der Fotograf hatte die Kunst in der zufälligen Anordnung gesehen, in der tief gemaserten Schönheit des Holzes, in der Art und Weise, wie das Licht auf den Stapel traf; er hatte den perfekten Bildausschnitt gewählt und den Abzug in satten Farben gefertigt, von den samtigen Schwarz- und Brauntönen des Holzes bis hin zur Helligkeit des Sonnenlichts. Wann immer ich das Bild ansah, machte es mich neidisch; es löste in mir den Wunsch aus, selbst Fotografin zu sein. Ein vergeblicher Wunsch, dachte ich;

so hoffnungslos wie mein Wunsch, Ballerina zu sein, wann immer ich ins Ballett ging.

Doch wie es der Zufall wollte, war ich eines Abends in jenem Winter auf einer Party, wo mir ein wildfremder Mensch eine Minolta 35 mm plus zwei zusätzliche Objektive für vierzig Dollar zum Kauf anbot. In jedem anderen Moment meines Lebens hätte ich Nein gesagt.

Nicht lange danach stellte ich mein Leben völlig auf den Kopf. Ich kündigte meinen Job als Redakteurin bei einem Magazin, zog aus meiner Wohnung auf der Upper West Side aus, und für den Großteil der siebziger Jahre wohnte ich in einem Loft auf der Bowery und verdiente mein Geld als freie Autorin. Morgens saß ich an meiner Schreibmaschine; nachmittags ging ich mit meiner Minolta spazieren. Heute ist mir klar, dass das Ausführen einer Kamera große Ähnlichkeit hat mit dem Ausführen eines Hundes. Ein Hundeausführer ist eigentlich ein Anhängsel des Hundes, er läuft in dem Tempo, das der

Hund vorgibt, bleibt stehen, wenn der Hund stehen bleibt, sieht, was der Hund sieht – andere Hunde und ihre Hundeausführer, streunende Katzen, ekelhafte Dinge auf der Straße, die für einen Hund interessant riechen. Wenn ich mit meiner Kamera unterwegs war, achtete ich auf das, was eine Kamera interessieren könnte; sie war meine Lizenz zum Streunen und Schauen. Ich ging langsam durch die Straßen wie ein Jäger oder Vagabund, achtete auf Licht und Schatten, weggeworfene Gegenstände, Menschen in Gruppen, einzelne Gestalten, Gebäude und Gassen, immer auf der Lauer, immer in Erwartung des einen Augenblicks, in dem sich mir ein Bild offenbaren könnte.

Etwa ein Jahr lang machte ich viele schlechte Bilder. Aber ich ließ mich nicht entmutigen, ich war angefixt, und es drängte mich, zu lernen. Es gab damals nicht viele auf Fotokunst spezialisierte Galerien, aber in den wenigen wurde ich Dauergast. Ich blätterte Fotobände durch und kaufte mir ziemlich viele, ich sammelte Hunderte von Kunstpostkarten. Die Bilder, die mich berührten, waren die Schwarz-Weiß-Klassiker von Anfang bis Mitte des 20. Jahrhunderts – Paul Strand, Walker Evans, Dorothea Lange, André Kertész, Helen Levitt, Cartier-Bresson. Ich meldete mich für Workshops bei einigen guten Fotografen an und nahm am Workshop einer großartigen Fotografin teil, Lisette Model. Meine Bilder wurden besser. Lisette Model selbst sagte es mir. Sie sprach die magischen Worte: »Du hast ein gutes Auge.« Sie sagte auch, sofern es mir ernst sei, reiche es nicht, hinzuschauen und auf den Auslöser zu drücken; man müsse den gesamten Prozess vom Negativ bis zum Abzug verstehen und beherrschen.

Das war entmutigend. Ich glaubte nicht daran, irgendetwas Technisches meistern zu können. Und außerdem, wie sollte ich in einem Loft ohne richtiges Badezimmer oder abgetrennte Küche eine Dunkelkammer einrichten? Dann sah ich eines Tages in der Prince Street, nur wenige Blocks westlich von meinem Loft, ein kleines Schild über einem Kellereingang: *RICHARD BORST / DUNKELKAMMERN ZU VERMIETEN*. Falls er in Vergessenheit geraten ist, lass mich ein Loblied auf ihn singen. Für mich war er ein alter Mann, dabei war er damals wahrscheinlich gerade mal Ende fünfzig, immer unrasiert und ungewaschen. Er hatte in seinem Kellerstudio vier oder fünf Dunkelkammern eingerichtet und stockte damit sein Fotografen-Einkommen auf. Drei Dollar pro Stunde inklusive Chemikalien und Beratung. Richard Borst vermittelte mir die Grundlagen der Dunkelkammertechnik, er war immer da, um Fragen zu beantworten, Vorschläge zu machen, einen Abzug zu loben oder zu kritisieren. Was er nicht erwähnte, war, dass ich in seinem Studio einem Geheimnis des Glücks auf die Spur kommen würde.

Jedes Mal wenn ich die Tür der Dunkelkammer hinter mir schloss und meine Augen sich an das trübe bernsteinfarbene Licht gewöhnt hatten, fielen all die störenden, zermürbenden Alltagssorgen von mir ab. Ich geriet in einen Zustand müheloser Konzentration, war völlig versunken in die Arbeit des Entwickelns, Belichtens, des Eintauchens der Negative in die verschiedenen chemischen Bäder. Schreiben war harte Arbeit, ja Schufterei; in der Dunkelkammer fiel mir jede Entscheidung leicht. Ich sah sofort, was zu tun war – dieser Ton musste vertieft, ein anderer aufgehellt, dieser Bereich zugeschnitten, jener vergrößert werden. Ich wusste es einfach. Stunden vergingen, aus Nachmittag wurde Abend, ich war euphorisch und ruhig, als hätte ich phantastische Drogen genommen.

Ich machte ein paar gute Aufnahmen in jenen Jahren und ein paar gute Abzüge. Noch heute bin ich überrascht, dass sie von mir sind. Doch als Richard Ende der Siebziger wegen der steigenden Mieten in Soho gezwungen war, seine Dunkelkammern zu schließen, hielt sich meine Verzweiflung in Grenzen. Ich hatte schon länger das Gefühl, am Ende meiner Fotografierlaufbahn angekommen zu sein. Die Motive meiner Bilder waren unterschiedlich – ein Mann, der durch strömenden Regen geht, gebeugt unter seinem Schirm; eine schwarze Krähe, die über ein riesiges uraltes Kreidepferd in einer englischen Hügellandschaft fliegt; dicke schwarze Felsbrocken, die auf einem menschenleeren Strand in Oregon ins Meer hinausmarschieren als Landeplätze für die Vögel; leere Restauranttische, aufgenommen durch die Scheibe; ein Wischmop, aufgehängt hinter dem schmierigen Fenster einer Absteige auf der Bowery, von der aufgehenden Sonne beschienen. Ich erkannte, dass all diese Bilder Einsamkeitsstudien waren, sie waren autobiographisch, und ich war am Ende der Geschichte angelangt. Ohne es mir direkt vorzunehmen, führte ich immer seltener meine Kamera spazieren.

1980, ein paar Tage nach Weihnachten, fuhr ich nach Uptown, um bei Bloomingdale's einen Pullover umzutauschen. Es war ein milder, windstiller Wintertag. Der Himmel war bedeckt und perlgrau, die Luft, feucht und frisch, roch nach Schnee. Ich ging ziellos vor mich hin, schlenderte an den Schaufenstern vorbei die Lexington Avenue hinauf. In einer Seitenstraße sah ich eine Reihe schwarzer Limousinen vor einer Kirche. Hochzeit? Beerdigung? Ich blieb stehen.

Kurz darauf traten Braut und Bräutigam in voller Hochzeitsmontur aus dem Kirchenportal. Und als hätten sie darauf gewartet, schwebten in diesem Moment dicke Schneeflocken in der Luft. Das Brautpaar ging langsam die Kirchentreppe hinunter, im Takt mit dem weißen Ehrentribut, der vom Himmel fiel, langsam wie die Töne eines Hochzeitsmarsches. Plötzlich hob sich ein Wind; der Schleier der Braut wehte hoch in den perlgrauen Himmel und bildete ein Netz für die Schneeflocken. Es war von atemberaubender Schönheit – die stilisierten Figuren, das strahlend weiße Kleid, das Schwarz des Anzugs, der schwebende Schleier, all das getaucht in leuchtend graues Licht. Ich hatte meine Kamera nicht dabei, aber noch immer den Blick: Mein Auge formte das Foto, das hätte sein können. Ich war voller Bedauern.

Ich erinnere mich nicht mehr, wie ich Silvester 1980 verbrachte, aber irgendwann Anfang Januar trafen wir uns zum Essen in einem griechischen Restaurant. Es war unsere zweite Verabredung, doch zum ersten Mal waren wir allein. Du hast beim Bestellen mit dem Kellner diskutiert. Auf Griechisch. Das war schwer zu überbieten. Aber ich habe dir einiges von mir erzählt: von dem Buch, an dem ich arbeitete, vom Leben auf der Bowery, vom Fotografieren, und ich erzählte dir von dem mir kürzlich entgangenen Hochzeitsbild.

Du warst ziemlich angetan, das sah ich, auch dann noch, als ich meine Vorliebe für Country-und-Westernmusik erwähnt hatte. Du dachtest, mein Leben sei interessant, wenn auch einsam. Du dachtest, ich müsse gerettet werden. Und nur zwei Wochen später hast du mir gestanden, dass dir in dem Restaurant – ich hatte vor nicht mal einer halben Stunde den Mantel ausgezogen, mein erstes Glas Wein war noch halb voll – der Gedanken kam, die Hochzeitsszene sei ein Omen, für uns.

Royale Jahre

In meiner Kindheit gab es bei uns zu Hause
keine Schreibmaschine. Wer etwas aufschrei-
ben musste, nahm einen Stift zur Hand. Meist
war das meine Mutter. Fast jeden Nachmittag
saß sie am Küchentisch und schrieb dem einen
oder anderen ihrer vielen Freunde und Verwand-
ten einen Brief mit Neuigkeiten von der Familie. Sie benutzte einen Füllfederhalter mit blauer
Tinte, und mit ihrer ordentlichen, kringeligen
Kursivschrift bedeckte sie sparsam beide Seiten
des schlichten weißen Briefbogens. Nachdem
ich ausgezogen war, schrieb sie mir. Ihre Handschrift ist mir so vertraut wie ihr Gesicht; ich
würde sie im Traum erkennen, und so ist es ja
auch, wenn ich träume, dass sie mir einen Brief
geschickt hat. Den Brief lese ich offenbar nie;

der Anblick meines Namens auf dem Umschlag in ihrer Handschrift reicht.

Meine eigene Handschrift war immer fürchterlich. Das machte meiner Mutter Kummer. Sie, eine Einwanderin, für die Englisch die dritte, unter großen Mühen erlernte Sprache war, hatte eine Tochter, die mit dieser Sprache zur Welt gekommen war und dennoch ihre Buchstaben so nachlässig aneinanderreihte. Als Kind musste ich so manchen Sommer täglich eine Stunde lang Schönschrift üben, mit geringem Erfolg und viel Streit. Irgendwann gab sie dieses Projekt auf. Zum Highschoolabschluss kaufte sie mir eine Schreibmaschine und bestand darauf, dass ich einen Kurs absolviere.

Besagte Schreibmaschine war eine tragbare Olivetti Lettera, sehr populär in den Fünfzigern. Heute steht sie im Museum of Modern Art als Designklassiker. Ich mochte sie nie besonders. Sie war mehr Spielzeug als Werkzeug, so leicht, dass sie bei jedem Anschlag einen Hüpfer machte. In den frühen Siebzigern, als meine Mutter beschloss, selbst tippen zu lernen, gab ich ihr die Olivetti zurück und zog los, um Ersatz zu besorgen.

Damals kannte ich einen Typen namens Fred. Jeder kannte so einen Fred; er war der Typ, der genau wusste, wo in der Stadt man alles, was man sich nur wünschen konnte, praktisch umsonst bekam. Fred nahm mich mit in ein zweistöckiges Lagerhaus in der Centre Street, vollgestopft mit alten Büromöbeln – Partnerschreibtische, Rollschreibtische, hölzerne Drehstühle und Dutzende und Aberdutzende von manuellen Schreibmaschinen, um die sich niemand mehr scherte, seit es elektrische gab.

Es dauerte nicht lange, bis ich diejenige fand, die ich haben wollte. Inmitten der Unmenge von Fünfzigerjahre-Schreibmaschinen entdeckte ich etwas Glamouröses. Ich kannte sie aus alten Filmen, *Sein Mädchen für besondere Fälle* (1940) zum Beispiel, wo der Reporter, Kippe im Mundwinkel, mit einem Finger seinen Text tippt und gleichzeitig etwas in das kerzenhalterförmige Telefon brüllt.

Diese Schreibmaschine war Mitte der dreißiger Jahre produziert worden. Damals war sie nichts Besonderes, und kein Mensch stieß bei ihrem Anblick Oh-und-Ah-Rufe aus. Doch die Zeit hatte sie verzaubert; wie bestimmte alte Autos und Landwirtschaftsgeräte war sie zu einer Schönheit gereift. Da stand sie, schwarzer emaillierter Stahl, hoch und stolz und breitschultrig, elfenbeinfarbene Tasten in stählernen Fassungen, die unter dem Wagen saßen wie perfekte kleine Brüste. Rechteckige Glasfenster zu beiden Seiten der Schreibmaschine stellten ihr Innenleben zur Schau, und dekorative Goldbuchstaben nannten den Fabrikanten: Royaler Name, royale Eleganz. Sie wog eine Tonne.

Ich probierte sie aus: Es verlangte einiges an Kraft, die Tasten runterzudrücken, mehr noch, den Wagen zurückzuschieben. Die Anstrengung gefiel mir; es war wie die Ouvertüre zur Arbeit. So sehr ich darauf herumhämmerte, die Maschine wahrte ihre noble Reglosigkeit. Zwanzig Dollar wechselten den Besitzer; und noch mal zwanzig für einen Schreibtisch mit Vertiefung, in die die Royal perfekt hineinpasste.

Als meine Mutter mir die Olivetti schenkte, waren ihre Ambitionen für mich eher bescheiden. Sie hatte keine Hoffnung mehr, zu meiner Examensfeier zu kommen, nachdem ich Jura oder wenigstens irgendetwas auf Lehramt studiert hätte. Aber sie hoffte, ihre jungs- und klamottenbesessene Tochter zumindest mit einer Fähigkeit ausgestattet zu haben, die sich auf dem Arbeitsmarkt zu Geld machen ließe. Und so war's, nachdem ich Maschinenschreiben gelernt hatte. Erst arbeitete ich in Schreibpools, dann als Schreibkraft, dann als Sekretärin. Ich wechselte oft die Jobs. Irgendwann fand ich eine Stelle bei einem Magazin, wo ich Bildunterschriften verfasste; ziemlich bald schrieb ich die Geschichten zu den Bildern. Und noch bevor Mama und ich aus dem Staunen herausgekommen waren, verdiente ich meinen Lebensunterhalt, indem ich Texte schrieb, die mit meinem Namen unterzeichnet waren.

Natürlich hätte ich mich Autorin nennen kön-nen. Aber wir waren Leserinnen, meine Mutter und ich, und die Latte hing hoch. Tolstoi, Di-ckens, Dostojewski, George Eliot – *das* waren Autoren. Was hieß das für mich?

»Was macht die Kleine jetzt?«, fragten die Freundinnen meiner Mutter.

»Ach«, sagte meine Mutter, »irgendwas bei ir-gendeinem Magazin.«

Ich kann nicht behaupten, dass ich so etwas wie einen Plan hatte, als ich meinen Job bei dem Magazin kündigte. Ich war noch jung, ich glaubte, alles sei möglich. Zu dieser Zeit dachte ich, wenn ich sparsam lebte, könnte ich freibe-ruflich für Zeitschriften schreiben. Und mit der Zeit würde ich mich vielleicht in die Art von Autorin verwandeln, die meine Mutter und ich würdigen konnten. Wie auch immer, ich wusste, dass ich jederzeit irgendeinen Magazinjob fände. Schließlich lebten wir im goldenen Zeitalter der Printmedien; die New Yorker Zeitungskioske platzten aus allen Nähten vor Magazinen und Literaturzeitschriften.

Ich zog aus meiner ziemlich teuren Wohnung auf der Upper West Side in ein vielfenstriges Loft auf der Bowery. Ich stellte meinen Schreibtisch zwischen zwei Südfenster vor ein schmales Stück Wand, legte ein rotes Kissen auf einen höhenverstellbaren Klavierhocker auf Rädern und begann zu tippen. Die nächsten zehn Jahre tippte ich Tausende und Abertausende von Wörtern auf der Royal, von denen die meisten im Papierkorb landeten, aber auch ein paar Dutzend Artikel, deren Erlös meine Miete zahlte, und dann jede Menge Fassungen meines ersten Buches.

Jetzt, da ich vor dem Computer sitze, begreife ich, dass die Schreibmaschine das unmittelbare Bindeglied zwischen Hand und Papier darstellt. Wie Handarbeit verzeiht sie keine Fehler. Will man eine saubere Abschrift haben, bedeutet eine vergessene Zeile, dass man die Arbeit eines ganzen Tages noch mal abtippen muss, ähnlich wie eine fallen gelassene Masche beim Stricken bedeuten kann, dass man den halben Pullover aufräufeln muss. Die Maschinenschreiberin, die einen Absatz nun doch verschieben will, braucht Schere und Tesafilm, um die Passage zu bewegen; die Anzahl der Fassungen zur Herstellung eines sauberen Manuskripts ist endlos; um Abschriften vom fertigen Werk zu machen, waren Durchschlagpapier und Dünndruckpapier die einzige Option. Maschinenschreiben war Arbeit, aber ich hatte enormes Glück mit meiner Royal. Sie ging nicht ein Mal kaputt und machte mir nie auch nur den geringsten Ärger. Und in Sachen Wartung war sie sehr genügsam – regelmäßiges Staubwischen, frische Farbbänder, gelegentliches Säubern tintenverklumpter Tasten, eine Abdeckhaube für die Nachtstunden.

Wenn ich heute meine Dokumente durchsehe, stoße ich manchmal auf ein sprödes, vergilbtes Blatt Papier, das mit der Royal getippt wurde. Ich erkenne ihre Eigenarten, und meine: das Q der Royal mit dem lückenhaften Schweif, die leicht versetzten Kapitälchen, das rote Farbband, das ein Stück unter dem schwarzen hervorschaut, die Art und Weise, wie sie jeweils den Druck meiner Finger abbildet; und dann sehe ich, wie übergroßzügig ich mit Kommata bin, meine gewohnten Tippfehler (*Tippfleher*); die Verwendung von *Prostaten* statt *Protestanten* (wie oft mag das wohl passiert sein?). Meine Eigenarten und die der Royal sind so charakteristisch wie eine Handschrift. Wie Alger Hiss zu seinem Leidwesen erfahren musste. Wie jeder forensische Schreibmaschinenanalytiker bezeugen würde, sollte man mich jemals des Plagatis bezichtigen. Des *Plagiats*, meine ich.

»Was machst du beruflich?«, fragtest du mich, als wir uns kennenlernten.

»Ach. Ich recherchiere gerade für ein Buch über einen Anarchisten.«

»Das heißt, du bist Rechercheurin?«

»Na ja, nein. Genau genommen recherchiere ich für mein eigenes Buch.«

Du warst ziemlich streng. »Du schreibst ein Buch? Na, dann sag doch, dass du Autorin bist.«

Nur wenige Monate später packte ich die Royal, meine Kleidung und ein paar Möbelstücke zusammen und zog nach Uptown, um für die nächsten dreißig Jahre mit dir zusammenzuleben. Lange genug, um die Royal auszumustern und mit dem Computer vertraut zu werden. Lange genug, um deine Töchter groß werden und selbst Söhne und Töchter bekommen zu sehen. Lange genug, um mitanzusehen, wie du mager wurdest wie Christus am Kreuz, um dich nach Luft ringen zu hören, um zu sehen, wie du müde wurdest, hundemüde von der harten Arbeit, einfach nur am Leben zu bleiben. Lange genug, um jeden Morgen aufzuwachen und mich zu fragen: Ist heute der Tag? In einer Geschichte von Alice Munro las ich mal den Satz: *Ja, es ist Zeit; es muss ja etwas sein, jetzt ist es da.* Und da war es, wenige Monate nach der Party, die wir ausrichteten, um deinen 73. Geburtstag zu feiern.

Ich wollte unbedingt wieder nach Downtown ziehen. Ich war besessen von der Idee, ich würde zurück in mein altes Loft ziehen, den Faden von damals wieder aufnehmen, und dann würde sich die Geschichte wiederholen. Trauernde werden oft von solchen Gedanken heimgesucht, sagt man. Wie auch immer, die Immobilienmogule waren mir in Downtown zuvorgekommen. Ich konnte es mir nicht leisten, auf der Bowery zu wohnen, die jetzt teurer war als die Park Avenue, und mit Sicherheit angesagter.

Also bin ich noch immer auf der Upper West Side. Wenn ich rübergehe zum Broadway, um bei Citarella's Fisch oder bei Zabar's Kaffee zu kaufen, komme ich Ecke 77th Street vorbei. Ich schaue immer nach Westen, um einen Blick auf unser Schlafzimmer- und Badezimmerfenster zu werfen. Du sollst wissen, ich habe noch unser Sofa, ein paar kleine Tische und ein paar Stühle. Erinnerst du dich an die kleine antike Eichentruhe – die mit dem Datum, *1673*, vorne drauf? Sie steht am Fuß eines Bücherregals, gleich hinter dem Schreibtisch, wo ich an meinem Computer arbeite. Solltest du den Deckel heben, würdest du eine kleine Thermoskanne sehen, die als deine Urne zweckentfremdet wurde. Über der Truhe, vier Regalbretter höher, steht die Royal, ein weiteres Relikt, das keine nützliche Arbeit mehr verrichtet.

Ich mag den Computer, aber nach all den Jahren habe ich nach wie vor keine Ahnung, wie die Buchstaben, die ich anklicke, ihren Weg auf den Bildschirm finden; ich habe nach wie vor Freude an der Cut-and-paste-Funktion, wie der Computer, ohne mit der Wimper zu zucken, Wörter und Absätze einsaugt und anderswo ausspuckt. Und ich lebe in ständiger Angst vor dem einen falschen Klick, der alles verschwinden lässt.

Zur Schreibmaschine zurückkehren werde ich nie wieder. Aber so wie Amputierte noch immer ihre fehlenden Gliedmaßen spüren, höre ich noch immer das Klackern der Tastatur, das *Pling* des Glöckchens am Ende einer Zeile, spüre ich noch immer das befriedigende Schlagen meiner

Finger gegen die Tasten, wie ich meinen Arm hebe, um den Wagen zurückzuschieben – all das ist mir in Fleisch und Blut übergegangen in diesem flüchtigen Jahrzehnt, in dem ich tippte und tippte und manchmal durchs Fenster einen Blick über die Bowery warf und das Licht wahrnahm, wie es von morgens bis nachmittags, von Jahreszeit zu Jahreszeit wechselte, bis du auftauchtest.

Damals sagtest du, ich sei Autorin. Ich beschloss, dir zu glauben. Seitdem warst du mein erster Leser. Ich wollte immer deine Meinung hören. Auch jetzt noch.

Windpocken

Windpocken. Mein Arzt fragte mich, ob ich sie
schon mal gehabt hätte. Ich war mir nicht sicher.
Ich hatte eine schwammige Erinnerung daran, in
ein verdunkeltes Zimmer getragen und ins Bett
gelegt worden zu sein, ich sollte bloß nicht krat-
zen. Aber vielleicht waren das auch die Masern
gewesen oder sogar ein schlimmer Fall von Gift-
efeu.

Wer konnte es wissen?

Natürlich hätte meine Mutter es gewusst. Ihre
drei Schwestern hätten es ebenfalls gewusst.
Meine Tanten wussten alles, was meine Mutter
über mich wusste, und sie hatten keine Scheu,
ihre Meinung kundzutun. Als meine Tante Frieda
mich als verzogenes Gör bezeichnete, sprach sie
für vier. Aber diese Frauen, die Frauen meines

Lebens, sind schon lange nicht mehr da, um mich zu tadeln oder Fragen zu beantworten.

Meine Mutter war knapp achtzig, als du sie kennenlerntest. Und, was dachtest du? Sie war sehr still, verschüchtert, nervös, dass sie irgendetwas sagen oder tun könnte, was mir peinlich wäre. Sie war noch immer eine hübsche Frau, nicht wahr? Tiefe Falten hatte sie von all den Jahren der Sonnenbäder, aber die Lippen waren noch voll, die Augen braungrün, und sie trug ihr grau meliertes Haar in einem langen Alte-Welt-Zopf, den sie zu einem Knoten drehte. Und sie war winzig, wahrscheinlich fünf Zentimeter kleiner als die 1,57 ihrer Jugend. Dir zu Ehren hatte sie sich eine weiße Bluse und einen schwarzen Rock angezogen, die ansehnlichsten Teile ihrer dürftigen Garderobe.

Sie ließ nie durchblicken, wie klug sie war, dass sie ein Talent zum Fröhlichsein hatte, mit Begeisterung Geschichten erzählt und sich in Abendkursen eifrig weitergebildet hatte, dass sie die

Seele ihrer großen Familie gewesen war – besagte drei Schwestern plus drei Brüder, plus deren Ehemänner, Ehefrauen und Kinder, dazu eine rebellische Tochter, ganz zu schweigen von meinem Vater, der kein Zuckerschlecken war. Nicht auszudenken, all die Konflikte und Reibereien, die Kränkungen, die uralten Streitigkeiten, bei denen sie schlichten und verhandeln musste, um diese Einheit intakt zu halten. Es war einmal eine Zeit, da hatte sie reichlich um die Ohren.

Dann verließen wir sie, einer nach dem anderen. So als hätten wir auf einem Bahnhof gelebt und nur auf unsere Züge gewartet. Einer nach dem anderen stiegen wir ein, und sie blieb winkend auf dem Bahnsteig zurück und wurde immer kleiner, bis der Zug hinter der Biegung verschwand.

Ich bin nicht weit gefahren, aber in ein Leben, das sie größtenteils ausschloss. Ihre Lieblingsschwester Frieda wurde bald von einem Auto überfahren. Georgie, ihr jüngster Bruder, starb jung. Die anderen zerstreuten sich in wärmere

Gefilde, und irgendwann klingelte ihr Telefon nur noch selten, und kaum jemand kam noch zu Besuch. Und jetzt, wenn ich die Jahre zusammenzähle, wird mir klar, dass sie seit mehr als einem Vierteljahrhundert tot ist. Das ist schon eine beträchtliche Zeit, und alles sieht danach aus, dass sie in diesem Zustand verharren wird, ganz gleich, wie oft ich nach ihr rufe. Du dagegen bist als Toter keine acht Jahre alt, noch ein Kind, unzuverlässig. So gesehen könntest du jeden Moment beschließen, einfach aufzutauchen.

Die Rechnerei scheint eine Rolle zu spielen. Wenn ich in letzter Zeit morgens aufwache, höre ich mich manchmal sagen: »Mama.« Das ist nur fair, oder? Ich lebe schon so viel länger ohne sie als ohne dich. Außerdem war ich nicht deine erste Frau, aber ihr Ein und Alles, immer. »Mama« war mein allererstes Wort, und wenn man nach ihr geht, könnte es mein letztes sein. Erinnerst du dich an den einen Tag, als ich sie im Pflegeheim besuchte? Es war ein paar Wochen vor ihrem Tod; zum ersten Mal in unserem

Leben erkannte sie mich nicht. Sie sagte zu *mir*: »Haben Sie meine Mutter gesehen?«

Jeden Sommer, bis ich fast erwachsen war, verbrachte ich mit meiner Mutter im Norden von New York in dem Haus, das mein Vater gebaut hatte. In diesen Monaten kamen uns zwei meiner Tanten, manchmal auch alle drei auf einmal besuchen, und bis die Ehemänner an den Wochenenden eintrafen, lebte ich in einem Haus voller Frauen, eingetaucht in ihr unaufhörliches Gespräch.

Eines heißen Nachmittags war ich allein in meinem Zimmer, vertieft in die Welt einer Ray-Bradbury-Geschichte. Ich wurde abgelenkt durch die Stimme meiner Tante Frieda. Sie ging den Fußpfad hinauf und unterhielt sich mit ihrer Freundin Rose. Ich hoffte, die beiden würden weitergehen bis zur Küche, aber stattdessen ließen sie sich auf der Veranda direkt unter meinem offenen Fenster nieder, und Frieda sagte: »Aber Rose, du weißt doch, wie schwierig das war mit

Bellas Schwangerschaften, bevor die Kleine zur Welt kam.«

Ich hörte auf zu lesen.

Bella war meine Mutter. Ich war die Kleine.

Schwangerschaft*en*?

»Ja«, sagte Frieda. »Zwei Fehlgeburten.«

Ich war zehn Jahre alt. Ich wusste, was eine Fehlgeburt war. Unsere Nachbarin Sophie hatte eine gehabt, und ich hatte genau hingehört bei der gemurmelten Anteilnahme, als sie meiner Mutter und meinen Tanten davon erzählte. Sophie war im dritten Monat gewesen.

Aber *meine* Mutter?

Dieser Gedanke war einfach zu verstörend. Ich widmete mich wieder meiner Geschichte über Zeitreisen.

Doch an dem Abend, als ich im Bett lag, was habe ich mich da hin und her gewälzt! Mein kleines Hirn brodelte vor existenziellen Fragen. Nun ja, ich sage existenziell, als hätte ich davon irgendeine Ahnung gehabt. Sagen wir einfach, ich grübelte über die Frage meiner Existenz.

Was, wenn meine Mutter vor meiner Geburt ein Kind bekommen hätte? Wäre dieses Kind *ich* gewesen? Was, wenn es jemand anders gewesen wäre? Wäre ich dann später geboren worden, mit einer älteren Schwester oder einem älteren Bruder an meiner Stelle? Wäre ich noch das Ein und Alles meiner Mutter gewesen? Oder – Gott bewahre! – wäre ich womöglich nie geboren worden? Was, wenn *ich* eine der Fehlgeburten meiner Mutter gewesen wäre? Oder: Was, wenn meine Mutter und mein Vater sich nie begegnet wären? Ich wäre dem Leben noch weniger nahegekommen als eine Fehlgeburt. Kein Ich? Nicht mal als Embryo? Ich war völlig aus dem Konzept! Und niemand würde wissen, dass ich nie geboren worden war; nicht mal ich wüsste es; es hätte kein Ich gegeben. Ebenso wenig wüsste meine Mutter, dass ich es war, die sie verloren hatte! Ach, meine arme Mama! Was wäre das für ein Leben gewesen, mit wildfremden Leuten als Kindern!

An jenem Sommerabend schob sich die Tür

zum Universum einen Spaltbreit auf und gewährte mir einen Blick auf eine Welt, die so seltsam und furchterregend war wie meine Science-Fiction-Story. Eine Welt, die regiert wurde von Willkür, Kontingenz, Zufall, Glück. *Nichts sollte sein, wie es war.* In dem Moment erkannte ich die Wahrheit. Sie war unerträglich. *Nein.* Ich wandte mich ab.

Aber ich war ja da! Ich war geboren worden. Ich war bei *mir* zu Hause, in *meinem* Bett. Meine Mutter lag unten und schlief. Wenn ich jetzt nach ihr rufen würde, käme sie angelaufen. Morgen nach dem Aufstehen würde sie mir Frühstück machen. Abends würde sie etwas kochen. *Hätte* ich die Windpocken gehabt, wäre sie die ganze Nacht mit mir aufgeblieben. Sie und ihre Schwestern würden weiter und weiterreden, sie würde mich weiter lieben, sie wäre für immer meine Mutter. Nichts würde sich ändern.

Das Original

Ich war ziemlich schwer erziehbar. Angesichts deiner Gewohnheit, als Mentor aufzutreten und junge Frauen literarisch auf den rechten Weg zu bringen, war das traurig für dich. »Darf ich vorstellen, meine Ehefrau«, sagtest du immer. »Sie ist unbelehrbar.«

Stimmt, ich hatte nie Adorno, Gramsci oder Lukács gelesen; ich hatte *Ulysses* angefangen, immer wieder, aber nicht mal bis zur Hälfte geschafft und bestimmt nicht mit *Finnegan's Wake* weitergemacht. Zugegeben, Proust las ich, aber eilig hatte ich es nicht damit. Bei klassischer Musik schlief ich ein. Um Lyrik machte ich einen großen Bogen, wenn sie nicht gerade von Bob Dylan, Leonard Cohen oder John Prine stammte. Auch aus Theater machte ich mir wenig, deine zweite große Liebe neben den Büchern, die ich nicht gelesen hatte. Womit sollte ich dein Interesse wachhalten?

Wie Scheherazade unterhielt ich dich mit Geschichten, die sich jenseits deines Horizonts abspielten. Ich konnte die Lebensgeschichten der Schurken Lucky Luciano, Vito Genovese und Carmine Galante nacherzählen, ich kannte viele interessante Details über stalinistische Machenschaften während des Spanischen Bürgerkriegs, über Mussolinis präfaschistisches Leben als Sozialist und seine Freundschaft mit Angelica Balabanov, über die frühen Streiks der Wobblies in Massachusetts und New Jersey. Ich wusste ein bisschen, wenn auch längst nicht genug, über die zermürbend abseitigen Debatten diverser italo-amerikanischer Anarcho-Fraktionen zu Beginn des 20. Jahrhunderts. Außerdem besaß ich Informationen über einen geheimnisvollen Mann namens Enea Sormenti alias Vittorio Vidali alias Comandante Carlos, der beim Attentat auf Trotzki auffallend unweit entfernt war.

Ich hatte mit diesen Geschichten etwas vor. Sobald ich sie sortiert hatte, würden sie sich nahtlos in eine größere Geschichte einfügen und zwischen zwei Buchdeckeln erscheinen. Doch dieser Tag lag in unvorstellbar weiter Ferne, und ich ahnte noch nichts von den vielen Hindernissen, die sich auf dem Weg dorthin auftun würden. Als wir uns kennenlernten, war mir noch leicht ums Herz.

Also. Ich war dabei, eine Biographie zu schreiben über einen gewissen Carlo Tresca. Du hattest noch nie von ihm gehört. Ich selbst hatte noch nie von ihm gehört, bis ich eines Abends auf einer Dinnerparty war und in meiner Hörweite sein Name fiel. Ich lauschte. Offenbar war dieser Mensch italienischer Einwanderer und Anarchist, und er war auf mysteriöse Weise mitten auf der Fifth Avenue ermordet worden. Ich war ein Krimifan, wusste aber so gut wie nichts über Anarchisten, konnte kein Italienisch und hatte mich noch nie an fundierter Recherche versucht.

Gleichwohl und zu meiner eigenen Überraschung stellte ich am nächsten Morgen fest, dass ich beschlossen hatte, seine Lebensgeschichte aufzuschreiben. War es eine Laune? Für mich war es ein Wiedererkennen.

Na ja, so leicht war's mir nun auch wieder nicht ums Herz. Wer meine Geschichten hören wollte, musste sich meine Ängste anhören. Immerzu machte ich mir Sorgen um meine Aufzeichnungen und Dokumente. Je mehr Unterlagen ich in meine Aktenschränke stopfte, desto größer wurde meine Angst, dass sie irgendwie verschwinden könnten. Ein Dieb in der Nacht? Eher ein Hausbrand. Weißt du noch, die Nacht, in der ich dich weckte und völlig panisch war? Ich hatte eine Sirene gehört und war felsenfest überzeugt, dass in dem abgeranzten Gebäude, wo ich mein Büro hatte, ein Feuer ausgebrochen war; meine gesamte kostbare Arbeit war gerade dabei, in Flammen aufzugehen. Du hast gelacht über diese spezifische Angst und mich darauf hingewiesen, dass es feuerfeste Aktenschränke gibt. Das hat funktioniert. Aber was hättest du ausrichten können, als ich erfuhr, dass ich einen Konkurrenten hatte, Nunzio Pernicone. Was hätte überhaupt irgendwer ausrichten können gegen Nunzio den Verkündiger mit seinem so klangvollen und passenden Namen? Irgendwann in der Zukunft – vielleicht morgen, vielleicht in einem Jahr – würde er *seine* Tresca-Biographie herausbringen. Nunzio raunte mir ins Ohr: *Du denkst, du wüsstest so viel. Ha! Gar nichts weißt du.* Ich *bin es, der Bescheid weiß. Und du weißt, dass ich Bescheid weiß!*

O ja, ich wusste es. In meiner völligen Ignoranz hatte ich mir vorgenommen, über diesen obskuren Italo-Amerikaner zu schreiben, der seit vierzig Jahren tot war. Ignoranz hatte mir Selbstvertrauen eingeflößt, hatte mir die Skrupel genommen und mir das Gefühl gegeben, ein solches Buch schreiben zu können. In meiner Ignoranz glaubte ich, *ich* hätte das Territorium entdeckt und abgesteckt. Meines Wissens hatte niemand sonst ein Interesse an diesem Tresca, abgesehen von ein paar sehr betagten Anarchisten, die ich interviewen wollte. Du kannst dir meine Verzweiflung also vorstellen, als ich ein oder zwei Jahre nach Beginn meines Projekts erfuhr, dass ich nur Hausbesetzerin war in dem Gebäude, das Nunzio gehörte; meine Quellen gehörten ihm.

»Sind Sie Nunzios Assistentin?«, fragten mich die betagten Anarchisten, vor deren Tür ich schließlich stand. »So ein schöner Mann«, fügten die weiblichen Anarchisten hinzu. Nunzio arbeitete bereits seit vielen Jahren hart an seinem Buch über Tresca. Und er war *Wissenschaftler*, hatte einen Doktortitel, war eine anerkannte Autorität auf meinem Gebiet. Sein Vater hatte Carlo Tresca *persönlich* gekannt. Tresca hatte den kleinen Nunzio wahrscheinlich auf seinem Schoß geschaukelt! Wer hatte wohl das größere Anrecht auf dieses Thema: die Dilettantin oder der Gelehrte?

In jenen googlelosen Zeiten musste ich lange nach Nunzio graben, aber schließlich fand ich ihn, er lehrte an einer Universität in Illinois. Was, glaubte ich, wäre durch einen Anruf gewonnen? Ignoranz und mangelnde Erfahrung mit Forscherrivalität ließen mich hoffen, er würde mich als Kollegin betrachten, interessiert sein an dem, was ich zu sagen hätte; wir würden fachsimpeln, Informationen austauschen.

O nein. Er war ungläubig, als ich anrief, stinksauer. Schließlich fragte er:

»Sie sprechen fließend Italienisch, nehme ich an?«

»*Dov'è il bagno, per favore?*«, sagte ich. »*Prego.*«

Er lachte. »Na, dann machen Sie mal. Mein Buch ist fast fertig.«

Ich legte auf. Ich saß an meinem Schreibtisch in meinem abgeranzten Büro zwischen meinen feuerfesten Aktenschränken. Noch nie war ich so demoralisiert gewesen. Sein Buch war fast fertig. Wozu überhaupt weitermachen? Ich dachte darüber nach, wie viel Zeit ich investiert hatte, wie hart ich gearbeitet hatte, um mein Material zu sammeln, wie viel Arbeit noch vor mir lag, wie viel schlechter ich mich fühlen würde, wenn ich jetzt aufgab. Ich dachte an die Zukunft. Ich dachte an die begeisterten Kritiken, die Nunzios Buch bekommen würde. Ich dachte an die eine Kritik, die mein Buch bekommen würde, falls es denn überhaupt eine gäbe. Um den Bann zu brechen, beschloss ich, die Kritik selbst zu schreiben:

Nach fast vierzig Jahren des Schweigens befinden wir uns offenbar inmitten eines Carlo-Tresca-Revivals; dafür sprechen zumindest diese beiden kürzlich erschienenen Bücher. Das erste der beiden, von Professor Nunzio Pernicone, ist akribisch recherchiert und überaus lesbar. Professor Pernicones fundierte Sachkenntnis und historische Genauigkeit verankern Carlo Tresca fest in der Geschichte und erhellen eine durch doktrinäre Verwirrung verdunkelte Zeit.

Und dann ist da noch das skurrile Bändchen von Dorothy Gallagher. Ms Gallagher ist keine Historikerin, und ihr unwissenschaftliches Vor-

gehen mündet in einigen interessanten Annahmen. Gallaghers Überzeugung beispielsweise, dass Tresca nicht Italiener, sondern Rumäne war, wirkt ebenso abstrus wie ihre Behauptung, der Zweite Weltkrieg sei dem Ersten Weltkrieg vorangegangen. Jedoch haben wir es hier womöglich mit einer originellen Denkerin zu tun, und die Kritikerin kann sich des Eindrucks nicht erwehren, dass diese scheinbar groben Schnitzer ohne jedweden Bezug zur historischen Faktenlage tatsächlich gewollt sind. Wer dieses Buch nicht gleich als Arbeit einer Schwachsinnigen abtut, könnte damit belohnt werden, ein wiederkehrendes Muster in Trescas Leben und Sterben zu erkennen, das offengelegt wird durch ein geschicktes, ja brillant konzipiertes Muster dessen, was konventionellere Geister als haarsträubende Fehler betrachten könnten.

Ein paar Jahre nach unserem Telefonat kam Nunzio nach New York. Ich besuchte die Tagung, auf der er über Tresca referierte. Mir fiel auf, dass er groß und sehr gutaussehend war, mir fiel auf, dass er so fließend Italienisch sprach wie Englisch. Mir fiel auf, dass er wirklich, also *wirklich* wusste, was Sache war. Ich stellte mich vor.

»Ach ja«, sagte er zur Begrüßung. »Mein Buch ist fast fertig.«

Aber als ihm klar wurde, dass ich mich nicht hatte abschrecken lassen, unterhielten wir uns ein bisschen, gingen zusammen einen Kaffee trinken; wir wurden vielleicht nicht gerade dicke Freunde, aber immerhin entspann sich ein halbwegs freundschaftliches Verhältnis. Immer wenn er in der Stadt war, trafen wir uns zum Lunch und fachsimpelten. Als Kollegen, auf Augenhöhe, das dachte ich zumindest. Ich lud ihn zu uns nach Hause ein, damit er dich kennenlernt.

Jahre vergingen. Nunzios Buch erschien nicht. Schließlich, im Jahr 1988, kam mein Buch heraus. Es wurde tatsächlich rezensiert. Die Kritiken waren gut. Wir waren so glücklich.

Ich schickte Nunzio ein Exemplar. Er sagte nicht direkt etwas dazu, fragte aber, ob er auf einige Ergebnisse meiner Recherche zurückgreifen dürfe. Das machte mich stolz.

Ich war völlig überrascht, dass ich als Erste über die Ziellinie gekommen war. Und es vergingen noch viele Jahre, bis Nunzios Buch erschien. Er schickte mir ein Exemplar. Ich hatte Angst, es zu lesen. Ich wusste, wie gut es war. Ich schlug es auf und las die Widmung:

Für Dorothy,
*   besser als jeder andere weiß ich, wie schwer es war, an Deine Tresca-Biographie heranzukommen. Ich hoffe, Du bist der Ansicht, dass es mir halbwegs gelungen ist.*

Bis zu diesem Moment hatte ich mich als Trittbrettfahrerin gesehen. Ich hatte auf Nunzios Segen gewartet. Endlich fühlte ich mich ins Recht gesetzt.

Nunzio und ich verloren uns aus den Augen. Er fehlte mir, mein Kollege, mein Rivale. Allein das

Wissen um seine Existenz hatte mich zu Höchst-
leistungen angetrieben, mir eine Messlatte vorge-
geben. Hin und wieder musste ich an ihn denken,
und eines Tages vor nicht allzu langer Zeit gab
ich seinen Namen bei Google ein, um zu sehen,
was er so macht. Ich wollte ihm schreiben. Seine
Todesanzeige war gerade ein paar Tage alt.

Hör mir zu. Ich weiß nicht, wo du bist oder mit
wem du um die Häuser ziehst. Wahrscheinlich
sitzt du gerade mit Alex und Edward und ein
paar hübschen Mädchen, die – dein Glück – jung
gestorben sind, in irgendeiner Bar. Aber reiß dich
mal los. Frag nach dem Weg zur Anarchisten-
Abteilung. Du wirst sie hören, noch bevor du sie
siehst, sie werden sich immer noch lauthals über
die ideale Gesellschaftsform streiten. Das Ent-
wirren der verschiedenen Argumente hat mich
damals fast um den Verstand gebracht. Diese
Leute waren Nunzios Leben; auch wenn du ihn
nicht gleich siehst, er muss ganz in der Nähe sein.
Er ist der große Gutaussehende. Und wenn du

ihn siehst, richte ihm doch bitte etwas aus. Sag ihm, wie viel er mir bedeutet hat. Sag ihm, ich hätte immer gewusst, dass er das Original war.

Taubensaison

Mike Tyson hat mal gesagt, wer sich mit einer Taube anfreundet, ist nie einsam. Das habe ich irgendwo gelesen. Woanders habe ich gelesen, dass die Taube einen Wirt für Läuse und etliche für den Menschen gefährliche Krankheiten darstellt. Aus persönlicher Erfahrung weiß ich, dass Tauben auf alles scheißen – oder Guano machen, wenn dir das lieber ist. Eine tieffliegende Taube hat mir mal Guano auf den Kopf gemacht: Ich spürte ein warmes Plopp, als hätte jemand ein Ei aufgeschlagen, und schon lief mir grünlicher Schleim über die Brille. *Ih!*

Der Fairness halber muss ich einräumen: An gewissen Wesensaspekten der Taube habe ich meine Freude. Ich sehe gern einen Schwarm in der Luft, wie er hinabtaucht und aufsteigt, wie er heller und dunkler wird, sich dreht und herumwirbelt wie eine Ballettkompanie. Und wenn ich am frühen Abend durch die 100th Street nach Hause laufe, bleibe ich immer stehen, um einen Blick auf das sechsstöckige Gebäude Ecke Manhattan Avenue zu werfen, wo sich der örtliche Schwarm in der Dämmerung versammelt. Aberdutzende Tauben, vielleicht hundert oder mehr, in Reih und Glied auf dem Dach des Mietshauses, wie kleine Wachsoldaten, vollkommen reglos, Flügel an Flügel, jeder einzelne dicke Brustkorb und jedes einzelne runde Köpfchen im letzten Licht scharf konturiert. Für einen Moment fühle ich mich dann in eine antike Stadt zurückversetzt, so sehr ähneln sie dem Fries einer römischen Ruine.

Doch als letztes Jahr Anfang Juli zwei Tauben auf meiner Terrasse landeten, war ich wenig beglückt. Ich klatschte in die Hände und stampfte mit den Füßen und rief: »Verschwindet!« Zufällig war Jenny an dem Tag zu Besuch. »Das hier ist *ganz und gar* inakzeptabel!«, sagte sie zu ihnen, ein Satz, den ihre Studenten wahrscheinlich oft zu hören bekamen. Die dreisten Geschöpfe machten keinerlei Anstalten, die Flügel zu regen; sie schlurften nur um die Ecke, wo ich sie eine Zeit lang gurren hörte. Bald darauf hoben sie ab. Auf Nimmerwiedersehen, dachte ich. Eine Woche später, als ich beim Blumengießen war, entdeckte ich in einem der Töpfe, halb versteckt unter den Sträuchern, etwas Helles in der Erde: zwei kleine weiße Eier. Ah! Deswegen also das Theater neulich! Ich rief Jenny an. Wäre sie nicht so entsetzt gewesen, hätte ich die Eier einfach über die Brüstung geworfen.

Habe ich dir erzählt, dass Jenny die Stadt verlassen hat? Ja, Jenny, die erste Freundin, die ich dir in unseren Anfangszeiten vorgestellt habe. Die Jenny, von der du gesagt hast: »Rein wie Quellwasser.« Vor ungefähr einem Jahr jedenfalls, ohne mich zu fragen, verkündete sie, dass sie und Joel aufs Land ziehen würden. Ich weiß, die Stadt ist zu teuer geworden, ich weiß, die Miete für die Wohnung, dazu die für das Atelier waren kaum noch zu stemmen. Aber was war mit mir? Mit unserer 44-jährigen Freundschaft? Was heißt Distanz, wenn nicht Distanzierung? So viele unserer Freunde sind deinem Beispiel gefolgt oder mir auf andere Weise abhandengekommen (unser alter Freund Ed zum Beispiel, um nur einen von der Liste der Trauerfälle zu nennen), dass ich in Punkto alte Freunde auf dem Zahnfleisch gehe. Genau wie meine Mutter im Alter.

»Mama«, fragte ich sie einmal, »wo ist Rose? Warum kommt sie dich nicht mehr besuchen?«

»Da kannst du mal sehen, mein Schatz.«

War das kryptische Weisheit oder Demenz?

Im selben Moment, als ich beschloss, die Eier nicht vom Dach zu werfen, wuchsen sie mir ans Herz. Sie waren so klein, so vollendet eiförmig, so *zweckmäßig*. Und sie waren mir praktisch vor die Tür gelegt, mir anvertraut worden. Aber warum waren sie sichtbar für mich liegen gelassen worden? Sichtbar für jeden Räuber, der des

Weges kam? Hatten ihre Eltern sie im Stich gelassen? Nein. Da saß eine Taube, halb versteckt in den Sträuchern, gleich hinter dem Eisengeländer. Kaum war ich einen Schritt zurückgetreten, quetschte sie sich durch die Stäbe und hockte sich auf die Eier. Es war ein *er*, wie ich herausbekam – der Vater.

Weißt du, dass Tauben auf der Vogelintelligenz-Skala ganz oben rangieren? Raben und Papageien sind vielleicht noch schlauer, aber Tauben erkennen menschliche Gesichter und Stimmen wieder; sie erkennen sich selbst im Spiegel; man kann ihnen beibringen, Briefe auszutragen. Während des Zweiten Weltkriegs erreichte eine Taube, die von einem Bauern in den Niederlanden losgeschickt wurde, die britischen Linien. Sie hatte einen Zettel am Fuß, auf dem stand: »Helft unseren Juden.« Selbst wenn man einer Taube die Augen verbindet und sie Tausende von Meilen von zu Hause wegbringt, hat sie irgendeine nach wie vor rätselhafte Methode, um wieder zurückzufinden.

Noah schickte eine Taube los, um zu erfahren,

ob das Wasser zurückweicht. Die alten Ägypter verehrten die Tauben für ihr Guano und bauten ihnen prächtige Taubenschläge, damit sie ein bisschen verweilten und die Ufer des Nils düngten. Matisse schenkte Picasso Tauben, die Picasso dazu inspirierten, seine berühmte, zauberhafte Friedenstaube zu zeichnen. Und denk an Marlon Brando in *Die Faust im Nacken*, wo er in Tränen ausbricht, als er feststellt, dass seine geliebten Tauben in ihrem Verschlag auf dem Dach auf grausame Weise ermordet wurden. Solche Tauben würde niemand als »Ratten der Lüfte« bezeichnen.

Eine weitere Qualität der Taube besteht darin, dass sie nur einen einzigen Partner hat. Das gutturale Gurren des Pärchens auf meiner Terrasse war ein Hochzeitslied. Ohne mein Wissen hatte das Männchen zuvor die Gegend erkundet und nach einem brauchbaren Nistplatz Ausschau gehalten. Er entdeckte meinen Topf mit dem dichten überhängenden Gebüsch; wirklich ein perfektes Nest, geschützt vor Regen und Wind und einigermaßen versteckt vor Räubern. Als er und seine Zukünftige an jenem Julitag auf meiner Terrasse landeten, zeigte er ihr die Immobilie und fragte sie, ob das vorgeschlagene Nest recht sei. Davon hing die Paarung ab. Offenbar war sie zufrieden, und erst dann wurde hinter der Terrassenecke die rituelle Zeremonie ihrer Allianz vollzogen: Sie gurrten, hakten die Schnäbel ineinander zum Kuss, und das Männchen schenkte dem Weibchen ein wenig hochgewürgtes Futter, womit ihr zugesichert wurde, dass er bei der Aufzucht der Nachkommenschaft helfen würde. Erst dann durfte er tun, was getan werden musste, das Werk weniger Sekunden. Eine Woche später fand ich ihre Eier im Nest.

Der letzte Sommer war lang und heiß. Eine Hitzewelle jagte die nächste. Bis spätabends stand meine Terrassentür weit offen. Ganz gleich, bei welcher Tätigkeit – ob beim Arbeiten am Schreibtisch, beim Lesen auf meinem Platz an der offenen Tür, beim Herumwirtschaften in der Wohnung, beim Tomatengießen, immer war mir bewusst, dass einen Meter weiter das pralle Leben tobte. Während der dreiwöchigen Inkubation wechselten sich die Tauben beim Brüten ab. Die Mutter, die etwas kleiner war als ihr Gefährte, übernahm die Spätschicht; sie kam jeden Nachmittag gegen halb sechs und brütete die ganze Nacht. Morgens gegen halb elf kam der Vater, um sie abzulösen, und brütete bis zu ihrer Rückkehr am späten Nachmittag.

Mehrmals am Tag schob ich die Sträucher zur Seite, um mir einen besseren Überblick über das Nestgeschehen zu schaffen. Das Weibchen ließ sich nicht stören, das Männchen dagegen war nervös und hüpfte von den Eiern hoch, sobald ich in die Nähe kam. Irgendwann nahm er mich als gegeben hin. Eines sehr heißen Tages durfte ich mich so weit nähern, dass ich ihm eine Schale Wasser hinstellen konnte. Er trank sofort einen Schluck, und dann ließ er sich in die Schale plumpsen und nahm ein Bad. Es ist lachhaft, wie glücklich mich das machte. Dann eines Nachmittags stieß der Habicht herab, den ich oft am Himmel kreisen sah, und landete auf dem Geländer neben dem Nest. Mein Gott, wie schön er war! Riesig! Ein Raubvogel vom obersten Rang der Nahrungskette! Ich sah ihm in die goldenen Augen und sah Urgeschichte, ich sah Verachtung. Aber er war nicht gekommen, um mich zu begeistern, er wollte an meine leckeren Täubchen. Ich kreischte ihn an. Ich kreischte erneut. Lohnt sich nicht, muss er gedacht haben und zeigte mir beim Abheben seine atemberaubende Flügelspanne.

Jenny hat ein Herz für Tauben. Nicht so sehr für die Taube an sich, aber für das Schlaflied, das ihre Mutter ihr und ihrer großen Schwester Amy jeden Abend vorsang. Und Jenny sang es mir vor:

Ich öffne meinen Taubenschlag
Und lass die Tauben frei
Sie flattern auf den höchsten Baum
Und freuen sich dabei.

94

Und wenn sie wieder hier sind
Dann gehen sie zur Ruh
Und wünschen allen Gute Nacht
Coo coo coo coo coo coo usw.

Eines Tages kam Jenny in die Stadt, um zu sehen, wie es meinen Tauben ging. Wir saßen auf der sonnigen Terrasse zwischen Blumentöpfen, tranken Eistee und sahen dem Vater seelenruhig beim Brüten zu, und dabei erzählte mir Jenny eine Geschichte.

Auf einer Party in ihrer neuen Stadt hatte sie ein paar andere Stadtflüchtige kennengelernt. Sie fanden sich zusammen, wie es Vertriebene so tun, um über die alten Zeiten in der alten Welt zu reden – Zeiten, als sie jung waren und ganz am Anfang standen, Zeiten, bevor ihre geliebten Wohnviertel durch glänzende Designergebäude zerstört wurden. Sie schwelgten in Erinnerungen an die Siebziger und Achtziger, als die Stadt ein schmuddeliges Paradies für die Jungen und Mittellosen war, mit billigen Restaurants an jeder

Ecke, wo man für drei Dollar eine volle Mahlzeit bekam, als es auf jeder Straße eine *bodega* gab und einen Schuster, man immer eine bezahlbare Wohnung fand oder, besser noch für Künstlerinnen wie Jenny, ein riesiges baufälliges Loft, wo man leben und arbeiten konnte. Ja, es war eine Stadt, wo der Müll sich tagelang, manchmal wochenlang in den Straßen türmte und man oft ausgeraubt wurde, es war aber auch eine Stadt, die für Leute mit etwas Basiswissen jede Menge Jobs bereithielt – Lehrerjobs, Handwerkerjobs –, mit denen man gut über die Runden kam in damals noch randständigen Vierteln, wo sich heute nur Hedgefonds-Manager eine Wohnung leisten können.

Ein Mann meldete sich zu Wort: »Ja«, sagte er. »Übrigens hat mir Jenny Snider mal erzählt, dass Philip Glass in ihrem Loft auf der Greenwich Street als Klempner gearbeitet hat.«

»Nein«, sagte Jenny. »Philip Glass hat im Nachbargebäude als Klempner gearbeitet.«

Der Mann war beleidigt. »Und woher wollen

Sie das so genau wissen?«, fragte er seine neue Bekannte.

»*Ich* bin Jenny Snider«, sagte Jenny. »Und wer sind Sie?«

Er nannte seinen Namen. Sie musterten einander. War das möglich? Die Jahre schälten sich ab wie die Häute einer Zwiebel, ihre Gesichter nahmen wieder jugendliche Konturen an, das graue Haar wurde wieder dunkel … Ja, ja, könnte sein … Nicht nur *könnte*, es *war* so! Sie erröteten.

Sie hatten sich mal gekannt, vor langer Zeit. Es ging nicht sehr lange; nicht lange genug, um das, was zwischen ihnen gewesen war, als Affäre zu bezeichnen, allenfalls als *was haben mit jemandem*. »Mit der hatte ich mal was«, wird er gesagt haben, wenn ihr Name im Gespräch fiel.

Jenny nannte mir seinen Namen. Ob ich mich an ihn erinnere?

Ja. Solche Typen gab es wie Sand am Meer in jenen ungebundenen Zeiten, als das Herz unser einzig verfügbarer Besitz war. Ach, die nervöse

Aufregung, wenn es losging! Würde der Typ noch mal anrufen? Würde er sich als der Richtige entpuppen? Jenny und ich waren damals eingeweiht in unsere gegenseitigen Tränen, und, mein Gott, was haben wir Tränen vergossen, als sich herausstellte, dass unsere Mütter recht hatten mit ihrer Warnung, schnell dabei bedeute eben auch schnell davon.

Aber schau! Das Leben hatte Jenny nun einen unerwarteten Leckerbissen geschenkt. Sie hatte diesen Typen völlig vergessen, ihre Tränen, sogar seinen Namen. Aber *sie* war in *seinem* Leben geblieben: die zauberhafte Jenny Snider, das Mädchen mit den grauen Augen und den langen schwarzen Locken, das Mädchen, das die Nacht durchtanzen konnte, um am nächsten Morgen gleich wieder Kunst zu machen, in ihrem Loft in der Greenwich Street, wo Philip Glass ihr Waschbecken und ihre Toilette angeschlossen hatte; das Mädchen, das ihm diese Geschichte erzählte, die er aufnahm in sein Repertoire von Geschichten, mit denen er hausieren ging, sobald die Sprache auf die alten Zeiten kam, die Zeiten, als wir jung waren, ein Daseinszustand, der trotz aller Irrungen, Liebesnöte und Enttäuschungen genau war, wie er sein sollte. *Nicht* jung zu sein? Undenkbar. *Unmöglich*. Und doch, hier waren wir nun: Ohne das Undenkbare je zu denken, hatten wir das Unmögliche geschafft. Zwei grauhaarige Damen saßen auf der Terrasse, die das Leben der einen gewährt hatte, tranken Tee, redeten über die alten Zeiten, dachten über Tauben nach, genau wie es sein sollte.

In der dritten Juliwoche schlüpften die Küken. Hässliche nackte Wesen wie Dinosaurierföten mit großen fleischfarbenen Schnäbeln und blinden Glubschaugen. Mehrmals am Tag stand die Fütterung an. Mit Milch. Ja, Tauben produzieren Milch, dickes, quarkähnliches Zeug, das sich wenige Tage vor dem Schlüpfen der Küken in der Gurgel der Mutter *und* des Vaters bildet.

Wenn sie nicht fraßen, schliefen die Küken, so eng aneinandergeschmiegt, dass sie aussahen wie ein dreckiger Putzlumpen. Mit jedem Tag sahen sie anders aus. Gelber Flaum begann ihre Nacktheit zu bedecken, Stacheln wuchsen aus ihrem Körper, fadenähnliches fedriges Zeug auf den Stacheln. Irgendwann begannen sie sich aufzurichten; wie Kleinkinder bei den ersten Gehversuchen bewegten sie ihre erbärmlichen flügelartigen Gebilde auf und ab. Am Ende der dritten Woche waren sie durchgehend schiefergrau gefiedert. Jetzt schien die Mutter aus ihrem Leben verschwunden zu sein; nur der Vater kam zum Füttern, blieb stundenlang in Nestnähe und hielt Wache. Bald verließen die Küken das Nest, um sich aufs Geländer zu stellen. Eines Tages flatterten sie hinüber zum Gesimse meines Nachbarn. Eine Zeit lang standen sie da und wirkten verdutzt, dann flatterten sie zurück in ihr Nest. Ihr Gefieder war noch unmarkiert, ansonsten aber waren sie von den erwachsenen Tauben nicht mehr zu unterscheiden. Und jetzt, da sie ihre Flügel entdeckt hatten, unternahmen sie längere Ausflüge. An manchen Tagen waren sie stundenlang weg.

Eines frühen Morgens gegen Ende August warf ich einen Blick ins Nest. Sie schliefen. Als ich nachmittags nach Hause kam, waren sie fort, auf ihrer täglichen Spritztour, nahm ich an. Sie kamen nicht zurück. Sie hatten den Abflug gemacht, ihre Zeit war gekommen.

Stell dir vor, du sähest mich auf der Straße. Würdest du mich gleich erkennen? Ich habe meine Haare grau werden lassen; und obwohl ich zwei-, manchmal dreimal wöchentlich im Fitnessstudio bin und auf Süßes verzichte, haben sich ein paar Pfund mehr an mir festgesetzt. Wenn ich mein Spiegelbild in einem Schaufenster sehe, komme ich mir vor, als wäre ich verkleidet. Kleiner Tipp für dich: Auf der 100th Street gibt es eine Dame, die sich mit den pickenden Tauben am Boden unterhält. Sie murmelt Sachen wie: *He, Leute, ich bin's. Ihr wisst, wo ich wohne. Ich habe einen schönen Platz für euch zum Nisten.* Sie sagt: *Kommt nach Hause.*

Julie

Ich liebe Tomaten. Den ganzen Winter tröstet mich der Gedanke an die ersten New-Jersey-Tomaten, die es ab Ende Juli auf dem Wochenmarkt gibt. Ich werde sie wie Äpfel essen, nur mit ein bisschen Salz. Wenn die Tomatenzeit vorbei ist, koche ich mit San Marzanos, den besten und teuersten Dosentomaten. Komisch also, dass wir schon zwei oder drei Monate zusammen waren, bevor du den Namen dieser Frucht nanntest. Kann sein, dass ich in diesen Monaten etwas gesagt habe wie: »Ist das nicht eine gute Tomatensoße?«, und du hast einfach nur zugestimmt. Eines Tages dann sagte ich ungeduldig: »Wenn ich doch bloß irgendwo gute Tomaten bekäme.«

Und du sagtest: »Es ist noch nicht Tomatensaison.«

Ich lachte über deine britische Aussprache –
tomahto. Ich dachte, du hättest einen Witz gemacht.

Ich musste noch so viel lernen.

Zum einen hatte ich vor unserer Bekanntschaft
nie auf Männerkleidung geachtet. Frauenklei-
dung, ja, natürlich. Eine Frau kann durch ein
schönes Kleid verwandelt werden, sie kann Bli-
cke auf sich ziehen, wenn sie einen Raum betritt.
Männer können das niemals nur durch Kleidung. Ich habe immer gedacht, Tweedjackett sei
Tweedjackett, dasselbe galt für Anzüge, Hemden
und Schuhe. Männerkleidung halt.

Meine Aufklärung stand unmittelbar bevor.
Deine Tweedjacketts, ließest du mich wissen,
seien der Inbegriff ihrer Art, das Ergebnis zahl-
reicher Unterredungen mit deinem Schneider
bei Huntsman & Sons auf der Savile Row, mit
dem du die Vorzüge verschiedener schottischer
und irischer Tweedstoffe erörtert hättest und der
dann deine Jacketts genau in deiner Größe und
deinen Wünschen gemäß hergestellt habe. Deine

Hemden stammten von den Herrenschneidern bei Turnbull & Asser in der Jermyn Street, maßgeschneidert aus dem von dir gewählten Stoff. Deine Schuhe? Handgefertigt von Cleverley & Co. in der Burlington Arcade, angepasst an die Eigenheiten deiner 46er-Quanten. Alles war britisch, alles maßgefertigt, alles während deiner Glanzzeit als Taugenichts im Ausland mit dem Geld deines Vaters angehäuft worden.

Zweifellos hast du die »tomahto« beim Schürzenjagen in London aufgeschnappt.

Wie im Film schnippten die Kalenderblätter vorbei. Unsere Sommer häuften sich, die Tomatensaison kam und ging, der Winter kam, und für dich kam die Zeit, um dich hinzusetzen und nie wieder aufzustehen. Du wusstest besser als alle anderen, dass ein Mann nur im Stehen *bella figura* machen kann. Deine phantastische Garderobe hing ungetragen im dunklen Kleiderschrank. Und an dieser Stelle muss ich dir ein Kompliment machen: Eines Abends, als Alex zum Essen bei uns war, hast du den Schrank für ihn geöffnet. Klaglos, ja sogar mit Freude hast du die Kleidung deines alten Lebens geopfert. Alex war entzückt. Er sah umwerfend aus, *smashing*, wie man in England sagt; er holte diese Sachen zurück in die Welt, für die sie gemacht worden waren.

Jedenfalls waren wir in jenen Jahren viel zu beschäftigt mit den jüngsten medizinischen Meldungen, um uns über Kleidung Gedanken zu machen. Wir mussten alle Geschichten über Wunderheilmittel gegen Multiple Sklerose lesen, von denen die meisten in Luftschlössern spielten. Wir hatten Termine bei Neurologen, um neue Medikamente auszuprobieren. Wir mussten über die Wirksamkeit der hyperbaren Sauerstoffkammer diskutieren und ob man dir dein gesamtes Blut entnehmen, waschen und wieder zuführen lassen sollte; wir mussten Gerüchte über die Heilkraft eines Tranks aus der Rinde einer Birke hinterfragen, die ausschließlich im Umkreis der entferntesten sibirischen Gulags wuchs. Und bis sich irgendeines dieser Wundermittel auch nur annähernd als wirksam erwies, mussten mechanische Geräte getestet werden – Rollstühle, die sich kraft deiner Gedanken steuern ließen, Software für den Computer, die das gesprochene Wort auf den Bildschirm übertrug, Lesepulte, die Buchseiten umblättern konnten. Diese Lesepulte waren die größte Enttäuschung überhaupt. Man hätte doch meinen sollen, die einfache Bewegung des Umblätterns einer Seite mit einem Finger wäre mechanisch umzusetzen gewesen.

Dann erfuhren wir von einem neuen Gerät. Einem stählernen Anzug, vergleichbar einer Ritterrüstung oder einer Art Außenskelett. Dieser eiserne Stützanzug sollte dich auf den Füßen halten und außerdem irgendwie deine Beine bewegen. Du würdest »gehen«, wie es in der einschlägigen Literatur hieß.

Was tun? Bahnte sich der nächste sündhaft teure Schuss in den Ofen an? Wir waren schon so oft enttäuscht worden, und wir waren so müde. Na gut, aber das sollte unser letzter Versuch werden, und unter gewaltigen Mühen begaben wir uns nach New Orleans. Ich war noch nie in New Orleans gewesen. So eine schöne Stadt, sagten alle; was man dort alles unternehmen, anschauen, essen könne … Abends im Hotel sahen wir uns einen Thriller mit Glenn Close und Jeff Bridges an und bestellten uns Essen aufs Zimmer. Am nächsten Morgen fanden wir uns im Ärztezentrum ein, wo du mit größerer Genauigkeit ausgemessen wurdest als bei den besten deiner britischen Schneider. Und zwei Monate später kam dein letzter maßgeschneiderter Anzug in New York an, begleitet von zwei starken Männern, ohne die man dich gar nicht hineinbekommen hätte. Komisch, von zwei starken Männern als notwendigem Zubehör war keine Rede gewesen. Doch zumindest an diesem Tag kamen wir in den Genuss ihrer Dienste. Nach einer gefühlten Ewigkeit stellten dich die starken Männer auf die Füße. Stehen klappte schon mal. Und »gehen«? Dazu kam es nie. Deine körperlichen Defizite hatten Gas gegeben, und das Gerät war auf der Strecke geblieben.

Dennoch, es war kein totaler Reinfall. Ich habe eine Kopie des Polaroids, aufgenommen von einem der Männer, und hier stehen wir, Seite an Seite. In dem Moment schloss ich die Augen und schmiegte meinen Kopf an deine Schulter, und du hast mich im Arm und lächelst sehr vorsichtig in die Kamera.

»Schau mal«, sagtest du, als das Polaroid entwickelt war. »Wir könnten fast als normales Paar durchgehen.«

Und weiter durch die Kalenderblätter, was auch sonst. Und als die Seite mit dem neuen Jahrtausend aufklappte, standen wir plötzlich am Abhang zum Tal des Todes. Als Erstes fiel dein lieber Freund Vincent, dann Frank, dann Edward. Dann warst du dran; ein paar Monate später war es Ernst, und ein Jahr danach Christopher, und im nächsten Jahr Alex.

Ich denke an sie alle, aber wenn ich an Alex denke, hege ich eine besondere Phantasie. Nämlich, dass ich eines Tages in einem dieser Second-

handläden stöbere, wo ich zu deiner großen Ver-
ärgerung immer meine Sachen kaufte, und auf ein
Tweedjackett stoße, das mir bekannt vorkommt;
ich schaue auf das Etikett und lese *Huntsman & Sons Ltd.* und den Namen des Mannes,
auf den es zugeschnitten worden ist: *B. Sonnenberg. 5. 6. 69.*

Ähnlich wie auf meinem gelben Frotteebade-
mantel in blauem Faden der Name *Julie* prangte,
nur dass Julie sich einen Bademantel von der
Stange hatte besticken lassen. Und dann gab
sie aus irgendeinem Grund, vielleicht, weil sie
Gelb hasste, diesen 1A-Bademantel zur Klei-
derspende, wo ich ihn eines Tages fand und für
$ 4.99 erwarb.

Ich sagte: »Ich hasse Gelb, aber dieser Bademantel ist im Prinzip neuwertig.« Und du sagtest:
»Wenn du meinst, Julie.« Und so schlüpfte ich
jeden Samstagvormittag, nachdem wir Kaffee ge-
trunken hatten, in Julies Bademantel. Wir hoben
dich in die Dusche, und jeden Samstagvormittag,
wenn die Sonne durchs Ostfenster strömte und

das heiße Wasser auf uns herabregnete und das Badezimmer sich mit Wasserdampf füllte, sang ich dir dieses Jessi-Colter-Lied vor:

I'm not Lisa, my name ist Julie,
Lisa left you years ago
My eyes are not blue
But mine won't leave you
Til the sunlight has touched your face.

Mea culpa

Du schimpfst nicht mehr mit mir; alles muss man selber machen.

Also, okay, das mit Daisy tut mir leid. Ich wusste, sie war nicht der richtige Hund für dich. Für dich mussten Hunde mittelgroß bis groß, drahthaarig, terrierisch, eckig im Gesicht und eigensinnig sein. Für dich musste ein Hund seinen eigenen Kopf haben und selbst entscheiden, welche Kommandos er befolgt, welche Kissen und Bücher angekaut werden müssen, welche Tages- und Nachtstunden am besten geeignet sind zum Frische-Luft-Schnappen und, sobald man auf der Straße war, in welche Richtung gezogen wird. Das war Harry. Genau, sagtest du munter, wirklich pflegeleicht.

So viel musst du mir lassen: Nach elf Jahren

mit Harry brauchte ich Urlaub von dieser Sorte Hund – von allen Hunden eigentlich. Hunde schön und gut, doch sie beherrschen nun mal dein Leben. Aber, ach, wie du um Harry getrauert hast! Und wie leer sich unsere Wohnung anfühlte ohne seine belebende Gegenwart. Ich dachte, Katzen könnten's richten. Du ergabst dich in dein Schicksal.

Ich bin zu Bideawee, um zwei Katzen zu kaufen. Ich schaute nicht mal zur Tür der Hundeabteilung, aus Angst, mein Blick könnte auf ein flehendes Augenpaar fallen. Aber dann, in der Katzenabteilung, was sehe ich? Zwei kleine schwarze Tiere in einem Käfig, aber nur eins davon ist eine Katze.

Was ist *das* denn?

Der Katzenverantwortliche war der Überzeugung, der kleine schwarze Hund und die Katze seien Schwestern. Sie hatten ihr kurzes Leben zusammen verbracht, ihr Besitzer hatte sie zusammen abgegeben, und nur zusammen würden sie das Waisenhaus verlassen. Sie hatten Namen:

Der Hund hieß Angel, die Katze hieß Bones. Es gab jede Menge Katzen zur Auswahl, aber ich nahm die grünäugige Bones auf den Arm. Sie schmiegte sich an meine Schulter und warf den Motor an. Ja, das war meine Katze. Danach musste ich natürlich auch die aufgeregte Hündin auf den Arm nehmen; sie drehte durch vor Freude. Sie war so klein, allenfalls ein Hündchen, sie würde doch gar keine Umstände machen. Ehrlich gesagt, als ich sie einmal auf dem Arm hatte, brachte ich es einfach nicht fertig, sie zurück in den Käfig zu setzen.

Sie waren jung, kein Jahr alt, und wogen jeweils weniger als zehn Pfund; drei von ihnen hätten in einen Harry gepasst. Ich dachte, ich hoffte, du würdest glücklich darüber sein, wieder einen Artgenossen Harrys im Haus zu haben, und dass Angel, die wir in Daisy umbenannten, dich von sich überzeugen würde. Wenn nicht, würde ich überrascht tun: *Ach so! Du meinst, sie ist gar keine Katze?*

Doch bei ihrem Anblick sprach deine Miene

Bände: Missfallen, Enttäuschung; nicht nur über den Hund, sondern über mich: *Meine Frau versteht mich nicht. Sie dachte, ich könnte glücklich werden mit diesem … Taschenhund!* Aber es war zu spät. Ich konnte sie nicht zurückgeben. Bideawee ist nicht Bloomingdale's. Ich zumindest war hingerissen.

Sie war eine richtige kleine Schönheit. Ihr seidiges schwarzes Fell streifte über den Boden; ihre fedrigen Schlappohren waren wie eingeklappte Flügel, bis sie sie spitzte, und dann standen sie senkrecht und machten den Hund gleich eine Handbreit größer. Der lange fedrige Ringelschwanz war immer aufgestellt, die lebhaften schwarzen, leicht glubschigen Spanielaugen blickten schelmisch. Sie lief nicht, sie trippelte. Sie war ein französisches Mädchen, ein Papillon, ein Schmetterling, ein echter Rassehund. Genauer gesagt war sie eine Motte – eine Phalène, die Schlappohrvariante der Rasse. Wie so viele Mädchen verdankte sie einen Großteil ihrer Schönheit ihrem üppigen Haar; wenn sie in einen

Regenschauer kam oder gebadet wurde, wirkte sie eher wie *une rate*.

Ich versuchte sie dir schmackhaft zu machen. In einem Buch mit Gemälden aus dem 16. Jahrhundert fand ich sie umringt von Majestäten: »Guck doch mal!«, sagte ich und zeigte dir den kleinen Hund auf einem Bildnis Ludwigs XIV. *en famille*. Und schau! Tizian hatte sie gemalt, Renoir hatte sie gemalt, Goya hatte sie gemalt. Es heißt, Marie Antoinette habe so an ihrer Phalène gehangen, dass sie ihren kleinen Liebling auf der Fahrt zur Guillotine dabeihatte.

Ich weiß. Geliebt hast du sie nie, aber immerhin gelernt, nichts gegen sie zu haben. Es war amüsant, wenn sie Bones durch die Räume jagte und überrascht und beleidigt zurückzuckte, sobald die Katze ihr eins auf die Nase gab. Wenn es schneite, rannte sie ekstatisch im Kreis herum. »Wie eine Geisteskranke«, sagtest du. Sie konnte einiges, was Harry nicht konnte: Sie konnte aufs Bett springen und sich zwischen deinen Beinen ein Nest bauen. Du hast die Schmach überwunden, in der Öffentlichkeit mit dem Schoßhündchen einer Dame gesehen zu werden, und hast mit ihr auf dem Schoß Ausflüge zum Riverdale Park, ja sogar bis zum Central Park gemacht, wo sie ohne Leine laufen durfte. Sie entfernte sich nie allzu weit von dir, sie war der Inbegriff von Folgsamkeit, kam immer, wenn sie gerufen wurde, saß und blieb, wenn sie sollte, immer wachsam, immer hechelnd in der Hoffnung auf ein Spiel.

Sie liebte den Schoß, war aber sofort bereit, zu Boden zu springen und sich jeder Gefahr zu stellen. Sie war furchtlos. Sie tänzelte auf Dobermänner und Doggen zu wie das hübscheste Mädchen auf der Party, erhobenen Kopfes, um ausgiebig zu schnuppern; wenn die großen Jungs offensiv wurden, schnappte sie nach ihren Beinen, bellte laut und flitzte davon. Und kaum hatte sie die Grenzen ihres Reviers erfasst, nahm sie ihre Lebensaufgabe als Wachhündin in Angriff. Sie duldete keine Eindringlinge in der Wohnung, und sie war immer im Dienst. Die Eindringlinge hielten sich für Gäste. Sie bellte sie ununterbrochen an; selbst dann noch, als wir auf ein Halsband zurückgriffen, das bei jedem Bellen einen Elektroschock auslöste, bellte sie weiter, wenn auch kehliger. *Das* war zermürbend.

Doch ihr schlimmstes Vergehen war es, nicht Harry zu sein. Daisy war, was sie war, ein frivoles Mädchen, bar jeder Würde, ein Accessoire von einem Hund. Harry war dein Herzenshund gewesen, dein Kumpel, dein Vertrauter; spätnachts erfuhr er Dinge von dir, die niemand sonst erfuhr. Und wenn du etwas zu ihm sagtest, verfolgte dich Harrys Blick: Er hörte angestrengt zu, er legte den Kopf schief, um deine Worte besser aufnehmen zu können. Und wenn du fertig warst und ihn fragtest: »Und, Har, was meinst du dazu?«, leckte er dir die Hand. Er verstand dich. Daisy hatte keine Geduld für Konversation. Du brauchtest sie nur anzusehen, und schon sprang sie hoch und tanzte auf deinem Schoß. Dieser Hund ließ sich gar nichts erzählen.

Manchmal hast du Turgenjew zitiert: »Na ja, ein Mann kann nur eine bestimmte Anzahl von Hunden in seinem Leben haben.« Manchmal hast du Alexander Pope zitiert:

Kein lauter Schrein um Himmels Mitleid wirbt,
Wenn euch ein Gatte oder Schoßhund stirbt.

Schoßhunde sind langlebig. Sechzehn Jahre, nachdem ich sie nach Hause holte, starb Daisy. Ich vergoss ein paar stille Tränen, aber keinen einzigen Schrei hörtest du von mir um den Schoßhund. Die Schreie um den Gatten fünf Monate später hast du verpasst. Und inmitten dieser Trauer dachte ich an etwas, das du mal geschrieben hast: *Ganz gleich, wie ich sterben würde, ich war sicher, am Ende wäre ein Hund da.*

Bones

Vielleicht möchtest du wissen, was aus Bones geworden ist. Natürlich hast du den Standpunkt vertreten, kein Katzenfreund zu sein, aber wenn Bones auf deinen Schoß sprang, sah jeder, dass du sie liebtest.

Für mich war Bones in jedweder Hinsicht perfekt. Sie war eine klassische Schönheit, eine glatthaarige, schwarze, grünäugige Katze; und außerdem, oder vor allem, hatte sie ein ruhiges, zutrauliches Wesen. Sie ließ sich gern bürsten, sie ließ sich die Krallen schneiden, sie ließ sich sogar von Kindern auf den Arm nehmen. Immer wenn ich sie mit Namen rief, antwortete sie und sprang an meine Seite. Sie saß gern auf Schößen, ließ sich gern streicheln, benutzte immer ihr Katzenklo, stellte keine übermäßigen Forderungen nach Aufmerksamkeit. Unsere Bones war pflegeleicht.

Als Daisy starb, schien sie keine Notiz davon zu nehmen. Ich machte ihr keinen Vorwurf. Das Verschwinden einer lauten und tyrannischen Rivalin ist kein Grund zur Verzweiflung. Als du starbst, nahm ich keine Notiz davon, ob sie davon Notiz nahm.

Fünf Monate lang gab es nur mich und Bones. Diese ersten Wochen bleiben für mich eine Leerstelle. Ich muss sie gefüttert, ihr Katzenklo saubergemacht, sie gebürstet, ihr die Krallen geschnitten haben, aber ich erinnere mich nicht. Ich erinnere mich nicht, ob sie sich versteckte, wenn ich nachts heulend durch die leeren Räume ging. Und als mir klar wurde, dass ich nicht länger in unserer Wohnung bleiben konnte, muss ich sie in ihren Tragekorb gesetzt und in mein Büro gebracht, sie in den vierten Stock geschleppt haben, aber auch davon weiß ich nichts mehr. Ich kann mich nicht entsinnen, irgendein Anzeichen der

Verstörung wahrgenommen zu haben, als ich sie aus ihrem lebenslangen Zuhause riss. Sie schnüffelte in der Studiowohnung mit Küchenzeile herum, vermaß ihr neues Revier und richtete sich ein, als wäre es kein umwälzendes Ereignis. Sie fraß wie immer, sie versäumte es nie, ihr Katzenklo zu benutzen.

Und in diesem kleinen Raum entwickelten wir gemeinsam unsere tägliche Routine. Jeden Morgen Punkt halb acht miaute Bones, um mich zu wecken. Ich fütterte sie, machte mir meinen Kaffee und las Zeitung. Um halb neun saß ich am Schreibtisch. Ich arbeitete, und sie döste im Korbstuhl vor dem sonnigen Fenster, war aber bei jedem tieffliegenden Vogel sofort hellwach.

Nachmittags ging ich aus dem Haus, um einzukaufen und Dinge zu erledigen. Ich war gegen fünf zurück, um Bones zu füttern. Freunde waren in diesen ersten Monaten sehr fürsorglich; zwei-, dreimal pro Woche ging ich abends essen. An den anderen Tagen fütterte ich Bones zur üblichen Zeit, dann machte ich mir selbst irgendwas. Nicht dass ich gekocht hätte, ich habe nur Tiefkühlkost aufgewärmt; später machte ich mir Nudeln oder briet mir einen Hamburger.

Nach dem Essen durfte ich dann in den Korbstuhl. Bones saß auf meinem Schoß, während ich las oder Fernsehen schaute. Um elf ging ich ins Bad, um mir die Zähne zu putzen, und sie streckte sich und wechselte auf ihren Platz auf dem Futon. Jeden Abend beim Einschlafen war ich dankbar für ihr warmes, schnurrendes Gewicht. Auf diese Weise verlebten wir zusammen jenen ersten Sommer und Herbst. Sie war nur eine Katze; dir hätte sie nicht gereicht, aber mir war sie eine Gefährtin.

Dann war es vorbei. Frühmorgens an einem kalten Tag gegen Ende November wachte ich auf und sah sie durchs Zimmer torkeln.

Bones!

Sie schien mich nicht zu hören. Sie torkelte blindlings weiter, bis sie mit dem Kopf gegen die Wand stieß. Dann klappte sie zusammen und lag reglos da, flach wie ein ausgewrungener

Wischmop. Genauso wie Daisy vor nicht mal einem Jahr wickelte ich sie in ein Handtuch und brachte sie zum Tierarzt. Schwerer Schlaganfall, sagte der Tierarzt.

Ich wohnte noch sechs oder sieben Monate in diesem Zimmer. Wie sie mir fehlte, ihre tröstliche Gegenwart. Ich erkannte, dass ich mir vorgestellt hatte, wir seien Verschollene auf einer Insel, einsame Überlebende eines Schiffbruchs. Wir hatten zusammen an Bord gelebt, sie wusste, was ich wusste.

Die amerikanische Originalausgabe erschien 2020
unter dem Titel *Stories I Forgot to Tell You* im Verlag
New York Review Books, New York.

www.aki-verlag.ch
@ @akiverlag

Gedruckt auf säurefreiem und chlorfrei
gebleichtem Papier aus verantwortungsvollen Quellen,
zertifiziert durch das Forest Stewardship Council.
AKI-Bücher werden klimaneutral gedruckt.

Covergestaltung: Marco Jann, Zürich
Coverfoto und Fotos im Vor- und Nachsatz: © Lina Scheynius
Satz: Herr K | Jan Kermes, Leipzig
Gesetzt aus der Stempel Garamond LT / 210125
Druck und Bindung: Friedrich Pustet, Regensburg
Auch als E-Book erhältlich
ISBN 978 3 311 35002 6